KB078500

FUSION FANTASTIC STORY

자미소 장편소설

GRAND SLAM

그랜드슬램

그랜드슬램 2

자미소 장편소설

초판 1쇄 찍은 날 § 2016년 11월 10일
초판 1쇄 펴낸 날 § 2016년 11월 17일

지은이 § 자미소
펴낸이 § 서경석

편집책임 § 이창진

펴낸곳 § 도서출판 청어람
등록번호 § 제387-1999-000006호
등록일자 § 1999. 5. 31
어람번호 § 제1-2564호

주소 § 경기도 부천시 원미구 부일로 483번길 40 서경B/D 3F (우) 14640
전화 § 032-656-4452 팩스 § 032-656-4453
http://www.chungeoram.com
E-mail § chungeorambook@daum.net

ISBN 979-11-04-91040-1 04810
ISBN 979-11-04-91038-8 (세트)

C O N T E N T S

Chapter 9	Step up	7
Chapter 10	Debut	49
Chapter 11	Bradenton open(브레이든턴 오픈)	67
Chapter 12	불어오는 변화	117
Chapter 13	Practice with Safin	151
Chapter 14	US open Junior	187
Chapter 15	한국인과의 결승	233
Chapter 16	청운(靑雲)의 꿈	275
부록		290

Chapter 9
Step up

도착하고서도 피로는 풀리지 않았다.

한밤중에 집에 도착한 일행은 모두 각각 다시 곯아떨어졌다. 특히 영석과 진희는 몸을 가눌 기운도 없었다. 4주에 걸쳐 진행했던 혹독한 훈련과 긴장의 연속이 귀국하자 실이 끊긴 듯 매가리 없이 끊어졌다.

그렇게 며칠을 몸을 추스르는 데 소요하고 주말을 맞이했다.

"어서 와."

밖에서 벨을 누르자 영석이 문을 열고 진희를 맞이했다.

진희의 뒤에는 진희의 부모님도 자리 잡고 있었다.

누군가 온 기색에 영석의 부모님도 바빠졌다.

어머니는 거실에 음식을 나르고 있었고, 아버지는 부엌에서 끊임없이 음식을 만들었다.

"응! 들어가도 되지?"

진희가 대답이 필요 없는 질문을 하고 냉큼 집 안에 들어왔다. 진희네 부모님도 머뭇거리다가 들어왔다. 손에는 와인과 양주를 들고 있었다.

"어머, 어서 와라, 진희야. 며칠 전에 봤는데도 또 보고 싶었던 우리 진희!"

영석의 어머니가 진희를 꼬옥 안으며 반겼다.

"하하, 실례하겠습니다."

진희의 부모님이 너털웃음을 풀어내며 거실에 발을 디뎠다.

오늘은 영석네와 진희네의 가족 모임이 있는 날이다. 진희가 선수가 되겠다는 선언을 한 뒤로 본격적으로 향후 일정을 논의하기 위한 자리가 필요했고, 그걸 핑계 삼아 양가의 친목을 다지자는 취지에서 이 모임이 결성됐다.

"어서 오세요~!"

영석의 아버지가 주방에서 나왔다. 앞치마를 두르고 양손에 먹음직스러운 잡채와 제육볶음이 담긴 접시를 들고 있는 모양새가 굉장히 보기 좋았다.

식사는 만족스럽게 이어졌다. 너무 맛있다며 연신 영석의 아버지, 이현우를 칭찬하는 분위기였다.

"아시겠지만, 진희가 선수가 되고 싶다고 한 걸로 의논을 드릴까 해서요."

식사를 마치고, 차와 과일을 앞에 두고 여섯 명의 인원이 머리를 맞대고 본격적인 회의를 시작했다.

포문은 진희의 부친이 열었다. 진희의 부모님은 테니스와는 관련이 없는 삶을 살아와서 늘 영석의 부모님에게 자문을 구했었다. 진희에게 자신들이 걸어온 길을 강요할 법도 한데, 둘 다 진희를 끔찍이도 사랑하는지라 영석의 부모님과 마찬가지로 최대한 지원하고자 하는 마음이다. 영석의 부모님도 기꺼워하며 진희를 제 자식처럼 여기고 돌봤으니, 양가는 영석과 진희가 생각하는 것보다 훨씬 더 끈끈하게 이어졌다.

"저희는 영석이에게 모든 것을 일임하자는 주의입니다. 학교도 그런 영석이의 의지를 존중해서 안 보내는 거고요."

"진희가 얼마 전에 자기도 영석이처럼 검정고시를 보겠다고 성화를 부려서… 그 점이 조금 걱정입니다. 정말 괜찮을까요?"

진희의 부모님이 갖고 있는 고민은 굉장히 현실적이다.

자식을 둔 100명의 부모가 있으면 99명은 비슷하게 생각하고, 비슷하게 지원하며 살아가고 있는 게 현실이다. 그건 예체능을 포함해도 마찬가지다.

하지만 영석의 경우는 그야말로 1%의 예외였다. 그게 정말 괜찮은지는 아무도 모른다. 불안하고 행여나 자식의 커리어에 큰 문제가 생기지 않을까 고민하는 것도 당연한 일이다.

"음, 저희도 몇 년 전부터 계속해서 고민한 문제긴 하지만…

지금까지는 별문제 없다고 판단했습니다. 영석이도 중검은 통과했고, 이제 고검을 준비하고 있고요. 문제는 대학인데……."

그렇다. 대학이 문제다.

한국에 뿌리 깊게 내려 박은 암세포 같은 게 바로 대학이다.

스포츠 선수라고 해서 예외는 아니다. 세계에 통할 기량을 갖고서도 대학에 적을 두는 이유가 있다. 아마추어 제전인 올림픽에 참여하는 선수와 프로 선수도 예외는 아니다. 모두 대학의 품에서 이루어진다. 인맥, 진로, 명예 등… 도저히 대학을 등지고는 못 사는 나라가 바로 한국인 것이다.

"대학은 그냥 평범하게 공부해서 시험 보고… 성적으로 들어가면 돼요."

그때 영석이 툭 치고 들어와 말했다.

진희의 부모님이 걱정하는 것이 뭔지 영석은 안다.

'선수'를 꿈꾼다면 중학교, 고등학교 모두 운동부에 소속이 되어서 관리를 받는 게 좋다. 그런 아이들이 개인전이든 단체전이든 전국 규모의 대회에서 실적을 내면 추천을 받아 입학하게 된다. 다만, 이 사이에 평범한 사람들은 상상도 못 할 끔찍한 비리와 밀약이 오고 간다.

프로가 있는 종목도 그러할진대, 실업팀으로 운영되는 종목은 정말이지 이 대학이란 꼬리표가 죽을 때까지 따라다닌다. 물론, 17, 8세부터 한국 최고의 실력을 자랑해서 올림픽에서 메달을 따 온다면 얘기는 달라지지만. 혹은 해외에서 나고 자란다면 예외가 될 수 있다. 아주 특출 난 실력을 가지는 경우에도 예외다.

"테니스 불모지인 이 나라에서 굳이 아둥바둥 대학에 비집고 들어갈 필요는 없어요. 실업팀도 필요 없고요. 진희랑 제가 머리가 나쁜 것도 아니고… 지난 4년과 앞으로 2년 정도면 그냥 평범하게 시험 봐서 체육교육과 같은 곳에 들어가면 돼요. 이것도 힘들겠다 싶으면 그냥 대학 무시하고 대회에만 집중해도 돼요. 매년 세계에서 80개 남짓의 대회가 열리고, 거기서 결과를 남기면 나중에는 대학에서 와달라고 매달리게 됩니다."

영석의 말은 틀림이 없지만, 도박성이 짙었다.

세계 무대에서 실적을 못 내면? 테니스는 개인이 기업과 계약을 맺지 못하면 자비로 대회에 참가해야 한다. 그 비용이 만만치 않기 때문에 한국의 많은 선수들이 실업팀에 목을 매는 것이다. 실업팀에 소속되면 생계는 걱정 안 해도 되니까 말이다.

"비용은… 죄송스럽지만 부모님들에게 의존해야죠."

영석이 담담하게 내뱉었다.

자신이 있기 때문이다.

영석 자신은 물론이고, 진희 또한 순조롭게 성장하고 기량을 갈고닦는다면 ATP250 규모의 대회는 10년 내로 따낼 수 있다. 10년 동안의 훈련비며 레슨비는 어떻게 하냐고? 그러니 영석은 더더욱 학교를 다닐 필요가 없다고 주장하는 거다. 한 학생이 선수로 자리 잡는 데까지 들어가는 비용은 학교를 다니나 안

다니나 비슷하다. 쓸모없는 것에 스트레스받을 필요가 없기 때문에 오히려 안 다니는 게 낫다. 더군다나 테니스는 단체 스포츠가 아닌, 개인 종목이지 않은가.

"80개? 그렇게나 많이 열리니? 자세히 설명해 보렴."

진희의 모친이 눈을 동그랗게 뜨고 영석에게 물었다. 진희도 내심 궁금했는지 영석을 뻔히 바라봤다.

"잠시만요."

영석은 방에서 큰 스케치북을 갖고 나왔다.

거실의 탁자에 탁— 소리가 나게 펼치고는 직접 손으로 써가며 설명을 시작했다

"테니스에서는 딱 두 가지만 알아두시면 돼요. ATP와 ITF. ATP는 남자 프로 테니스 협회… 아, 진희는 여자니까 아주머니랑 아저씨는 WTA랑 ITF를 외우시면 되겠네요. 아무튼, 이 단체들이 대회를 매년 주최합니다. 대회는 수없이 많은데, 각각 '등급'을 가지고 있어요."

"등급?"

영석의 설명에 모두가 관심을 가졌다.

"우선 크게 퓨처스와 챌린저 두 가지로 구분돼요."

용어 자체가 일반인들에겐 낯설 것이라 짐작한 영석이 차분하게 설명을 이었다.

"챌린저의 경우 더 세세한 분류가 있지만, 굳이 이것들을 다 알 필요는 없어요. 일단 대회에서 우승했을 때 얻을 수 있는 포

인트가 있어요."

영석의 눈이 진희의 부모님에게 향했다.

기실 그들의 이해만 구하면 됐기 때문이다.

"세계 랭킹은 선수가 1년 동안 참여했던 모든 대회 중 성적이 좋은 18개 대회의 포인트를 합계해서 결정돼요. 가급적 한 번에 많은 포인트를 주는 대회에서 우승하면 좋겠죠? 물론, 걸려 있는 포인트가 클수록 선수들의 수준도 높아요. 우리가 흔히 알고 있는 윔블던은 걸려 있는 포인트가 2,000으로 가장 큰 네 개의 대회 중 하나예요. 또……."

그 뒤로도 영석의 설명은 계속 이어졌다.

"…그러니까 진희나 저 같은 경우에는 포인트를 얻으러 세계를 돌아다녀야 하는 거죠. 이게 프로 선수들의 삶입니다."

영석은 그밖에도 각각의 상금 규모, 기업과의 계약 등을 설명했다.

모두 플로리다에서 조사한 것으로 영석 자신이 궁금했던 것이기도 하다.

그 뒤로도 여섯 명은 시간 가는 줄 모르고 계속해서 논의를 했다. 진희의 부모님이 가져온 와인과 양주는 포장지에서 나오지도 못했다.

*　　　　*　　　　*

"미국은 잘 갔다 왔니?"

어김없이 빌라 단지 입구에 차를 세우고 내린 최영태와 이유리가 영석과 진희에게 안부를 물었다. 최영태는 별말 없이 슥 다가와 영석의 어깨를 한 번 두들겨 줬다. 이유리랑 진희는 양손을 붙잡고 까까거렸다.

"아참, 여기 선물이요. 이건 부모님이 전해달라고 하셨던 거고요."

진희가 쇼핑백들을 건넸다.

"그래도 잊지 않고 잘 챙겨줬구나. 어디 보자… 초콜릿이랑… 어머, 양주까지?"

이유리가 함박웃음을 지었다.

최영태와 단둘이 집에서 술을 마시곤 했는데, 이런 고급 양주라면 기분 좋은 술자리를 가질 수 있겠다 싶었다.

"다음에 부모님들 모시고 우리 집에 와. 선생님이 식사 대접 한번 할게."

"네!"

영석과 진희는 살갑게 인사를 나누고 차에 몸을 실었다.

"너희 부모님에겐 이야기 들었다. 영석이도 그렇고… 진희도 본격적으로 프로 생활을 하고 싶다고?"

넷이 둥글게 모여 몸을 풀면서 최영태가 운을 뗐다.

"네."

"진희 너도 학교를 안 다니겠다고……?"

영석과 진희가 단호하게 고개를 끄덕였다.

"꽤 힘들 게다. 학교에 소속된다는 거 하나로 얻을 수 있는 이득이 많거든. 단!"

최영태가 강한 어조로 말을 끊었다.

"너희들이 학교를 선택하지 않은 만큼, 그에 모자람 없이 혹독하게 훈련을 시작할 거다."

"네!!"

영석과 진희의 결단에 발 맞춰, 최영태와 이유리도 아이들의 '전속 코치'가 되기로 마음먹었다. 그만큼 그들도 받는 페이가 늘었다. 코치들에겐 시간이 곧 돈이었기에, 그 사정을 알고 있는 영석과 진희의 부모가 월급쟁이들의 수배에 달하는 금액을 지불한 것이다.

물론, 이 금액엔 코트, 공, 각종 훈련 기구들을 준비하는 데 들어갈 비용들이 합쳐진 것이다.

"오늘부터는 매일매일 약 세 시간가량 훈련할 거다. 이것도 적은 거야. 중학생만 돼도 하루에 대여섯 시간씩은 훈련한다. 우린 일대일 전담이니까 질을 높여서 시작하려고 한다. 1시간은 공을 만지지 않고 훈련하고, 1시간은 스트로크와 서브… 나머지 1시간은 우리랑 시합 형태의 레슨을 한다."

'시합?'

영석은 시합이라는 말에 조금 놀랐다. 최영태로서는 드물게 말이 많았던 것도 놀랐다.

하지만 말이 많을 만했다. '아이들에게 흥미를 붙여주듯' 놀아주는 레슨은 이제 끝난 거다.

'그러고 보니… 몸이……'

영석이 두 코치를 흘깃 스캔하다가 깜짝 놀랐다.

이제 40대에 접어드는 둘이지만, 몸에 생동감이 있다.

테니스 웨어 위로 옹골차게 자리 잡은 최영태의 근육은 전신을 바위처럼 보이게 했다. 이유리는 또 어떤가. 옅은 화장으로 가리려 했지만 주름이 늘었다. 하지만 몸은 평범한 여자가 아니었다. 긴소매와 긴바지였지만, 길쭉하고 선명하게 자리 잡은 근육의 선들이 드러났다. 허리는 어찌나 가늘어졌는지, 진희와 비슷하게 보였다.

'후우……'

최영태가 속으로 한숨을 내쉬었다.

아이들에겐 제법 강단 있게 말했지만, 자신과 이유리가 이 둘의 전담이 되기로 하고 얼마나 많은 고민을 했던가. 선수로서 살아왔지만, 둘 다 그다지 눈에 띄는 실적을 남기진 못했다. 실업팀에 어영부영 들어갔지만 국내의 작은 대회 한두 번을 우승한 게 끝이다. 물론, 그것조차 못 하는 선수들이 훨씬 많은 건 사실이지만, 최영태와 이유리는 스스로를 '일류'라고 생각하지 않았다.

하물며 프로를 노리는 아이들을 가르치는 것은 이번이 처음이다.

영석의 부모에게 몇 차례 언질을 받아 무려 한 달 동안 이유리와 머리를 맞대고 고심에 빠졌다. 커리큘럼에 한 점 모자람이 없어야 한다.

자신들이 처음 가르친다고 해서 나중에 수정할 요량으로 조금의 실수나 오류를 범하면 안 된다. 이 아이들에겐 평생에 걸쳐 영향을 끼친다.

그런 마음으로 모교를 찾아가서 감독과 코치들의 의견을 들었고, 평소 친분이 있던 타교 코치들에게까지 조언을 구했다.

최영태와 이유리는 준비운동만으로 조금씩 땀이 흘렀다.

"자, 우선 달리자. 몸 푸는 게 목적이니 한 바퀴만 가볍게 뛰자."

영석과 진희는 코트 여섯 면을 삥 둘러서 천천히 뛰었다. 물론 최영태와 이유리도 같이 뛰었다.

"뛰었으면 발목, 아킬레스건, 종아리와 허벅지를 풀어둬라. 2분 준다. 다 풀었으면 따라와."

몸을 다 풀고 코치들을 따라간 곳은 트랙이었다.

"한 바퀴가 400미터다. 한 바퀴는 전력 질주, 다음 한 바퀴는 조깅으로 뛴다. 올 때는 몸을 풀어준다고 생각하며 천천히 뛰어도 된다. 단! 걸으면 안 된다. 이렇게 두 바퀴가 1세트다."

"총 몇 세트 뛰나요?"

진희의 안색이 조금 창백해졌다.

분위기가 진지해졌기 때문이다. 영석이 토닥이며 최영태에게 물었다.

"일단은 3세트만 하자. 2년 안에 이걸 10세트 할 수 있는 몸으로 만드는 게 목표다. 중요한 건, 1바퀴 때의 기록보다 늦어지면 안 된다는 것이다."

'역시… 그냥은 안 뛰는군.'

"타임도 잴 거다. 음… 그럼 일단 나랑 이유리 코치가 한 바퀴 돌아서 기록을 재고, 너희는 그 기록 이상으로 뛰는 게 좋겠다."

최영태는 저지를 훌훌 벗어 던지더니 영석에게 초시계를 건네주곤 스타트 라인에 섰다.

"준비 다 되면 시작 신호 붙여라."

"네! 그럼 지금 하겠습니다. 준비… 시작!"

영석의 신호에 최영태가 쏜살같이 몸을 날렸다.

'빠르다……'

100미터 지점을 지난 최영태를 보며 영석이 놀랐다.

단신임에도 선수로 활약했던 데엔 이유가 있었다. 최영태는 순발력과 발로 승부를 보는 타입이었다.

후우우욱

몸이 바람을 가르는 소리가 크게 귓가를 간질이며 최영태는 골인했다.

"49.73초입니다."

"그래? 이렇게 한 바퀴 뛰면 2분에 걸쳐서 천천히 다녀오면 된다."

붉게 물들어 버린 안색과 엄청난 과호흡 증상에도 불구하고 최영태는 몸을 쉬지 않고 한 바퀴 더 천천히 뛰었다.

"후욱. 이렇게 하는 게 한 세트다. 이유리 코치!"

최영태의 호명에 이유리가 고개를 끄덕이곤 스타트 라인에 섰다.

"시작하겠습니다. 준비… 시작!"

이유리도 무지막지하게 전력 질주를 시작했다. 일반인보단 아득히 빨랐지만, 테니스 선수로서는 '유별날' 정도로 빠르진 않았다.

"1분 5초입니다."

영석의 말에 이유리가 호흡을 가다듬으면서 진희를 보고 말했다.

"우린 한 바퀴 뛰면 남은 한 바퀴는 2분 30초에 걸쳐서 천천히 뛰고 오면 돼."

진희가 고개를 끄덕이자 이유리는 나머지 한 바퀴를 뛰고 왔다.

그 뒤로 영석과 진희도 기록을 쟀다.

영석은 53초, 진희는 놀랍게도 61초를 기록했다.

'확실히 둘 다 재능이 넘치는군.'

최영태가 고개를 끄덕였다.

아무리 또래보다 크다고 하지만 12살, 13살의 몸으로 저 정도의 기록을 낸 건 분명히 대단한 것이다. 육상 전문 교육을 받는다면 초등부, 중등부 기록을 경신할 수도 있지 않을까 생각될 정도로 발이 빨랐다.

"헉헉……."

영석과 진희는 둘 다 숨넘어갈 것 같은 고단함에 이미 지쳐버렸다.

'이걸 나중엔 10세트 한다고……?'

"일어나. 다시 코트 가야지."

최영태와 이유리는 아이들을 다그치고는 다시 코트로 발을 옮겼다.

*   *   *

"둘 다 잡아라."

건물 기둥 앞에서 최영태가 말했다.

기둥에는 색깔별로 고무 띠가 늘어져 있었다.

"일단 빨간색부터 시작한다. 빨강, 노랑, 주황, 연두, 검은색 순서로 힘드니까 참고하고. 방법은… 이렇게 하면 된다."

최영태와 이유리가 각자 영석과 진희 앞에서 시범을 보여줬다.

등과 어깨를 비롯해서 흉부, 팔, 악력까지 실로 다양한 동작들을 선보였다.

부상의 리스크는 극히 낮으면서 효과는 어느 것에 비교해도 꿀리지 않는 도구였고, 그 도구를 다루는 동작 또한 하나같이 '테니스를 위한' 동작이었다.

뛰는 것에 30분, 고무 띠 운동에 30분까지… 벌써 1시간이 흘렀다.

"벌써 이렇게 됐군. 이제 간단하게 박스 볼 치자."

영석과 진희에겐 조금 힘들었을까 걱정했지만, 둘 다 잘 따라와 안도의 한숨을 쉰 최영태와 이유리가 각자 카트를 하나씩 질질 끌고 왔다.

"이영석, 이리 와봐라."

"네!"

미국에서 새로 산 라켓의 때깔이 참 고와서 눈을 반짝이던 영석은 최영태의 부름에 쏜살같이 네트로 달렸다.

"오늘부터 넌 스스로가 왼손잡이라는 것을 확고하게 인식해야 한다."

"네."

"테니스에서 왼손잡이는 유리할까?"

최영태가 물었다.

"그야… 유리하지 않을까요?"

"그래, 맞다. 유리하다. 다른 스포츠와 마찬가지로 왼손잡이의 수가 적기 때문이다."

영석이 고개를 끄덕였다.

하지만 왜 유리할까? 생각해 보면 공의 궤도는 왼손잡이와 오른손잡이 모두 비슷할 텐데 왜 이런 유리함이 발생하는 것일까? 복싱처럼 거리감이 완전히 다르게 적용한다거나 하는 점도 없는데 말이다.

"가령, 왼손잡이의 포핸드는 오른손잡이의 백핸드와 같은 궤적이다. 하지만 세세하게 생각하면 포핸드와 백핸드는 타점이 미묘하게 다르다. 포핸드의 타점은 백핸드보다 조금 더 뒤쪽이다. 덧붙이자면, 백핸드보다 몸에서 멀기도 하다."

영석이 고개를 끄덕였다.

그래서 양손잡이가 백핸드 없이 왼쪽 오른쪽 다 포핸드로 스트로크를 치는 건 경쟁력이 없는 것이다. 영석이 납득한 것으로 보이자, 최영태가 설명을 이었다.

"애초에 포와 백은 전혀 다른 샷이다. 때문에 평소와는 다른 샷을 같은 코스로 온다고 평소처럼 받아치려는 점에서 작은 위화감이 생기고, 그 위화감들이 쌓여서 왼손잡이는 유리함을 얻게 되는 것이다."

최영태가 긴 설명을 마쳤다.

그리고 단언하듯 말했다.

"왼손잡이는 신장과 같이 그 자체로 무기가 된다."

"네."

영석이 호쾌하게 고개를 끄덕였다.

"지금 지쳤지?"

최영태가 슬쩍 묻는다.

평소답지 않다. 조심스러움이 영석에게까지 전해진다.

영석은 씩 웃으며 말했다.

"아뇨, 이걸로 지치다뇨. 괜찮습니다."

"그래. 그럼 지금부터는 지치게 될 거다."

"……."

"베이스라인에 가."

영석이 후다닥 달려갔다.

"일단 포, 백만 간다."

영석이 고개를 끄덕였다.

최영태가 포핸드로 치게끔 공을 준다.

펑!!

사뿐하게 스텝을 밟아 포핸드를 친다.

공을 어디로 떨어뜨릴지 명확히 인식하며 한 구 한 구를 처리한다.

플로리다에서 배운 것이다.

"어?!"

다시 센터마크로 돌아가려는 영석이 크게 놀랐다.

최영태가 준 백핸드 볼이 저만치서 또르르 구르고 있기 때문이다.

"뭐 해?! 공 안 쳐?!"

움찔.

최영태의 고함이 실내 코트장을 가득 메운다.

최영태가 이 정도로 목소리를 키운 건 처음이다.

"다시!"

최영태의 윽박지름에 영석은 이를 악물고 서서히 집중력을 높였다.

포핸드를 치게끔 다시 공이 온다. 마음이 벌써 조급해진다.

펑!

아니나 다를까.

영석이 스윙 후에 자세를 가다듬을 새도 없이 공 하나가 더 백핸드 쪽으로 온다.

포핸드로 처리한 공이 어디 떨어지는지 확인할 틈이 없다.

'으윽!'

펑!

전력으로 달려가서 겨우 처리했다. 하지만,

"아직이다!"

최영태의 고함에 들려온다.

포핸드 쪽으로 또 공이 떨어지려 한다.

펑!

그렇게 공을 여덟 번을 쳤을까.

"그만!"

최영태가 종료를 알렸고, 영석은 고개를 푹 숙이고 숨을 마셨다.

몸에서 엄청난 양의 산소를 요구했지만, 잘게잘게 쪼개서 숨을 들이마셨다.

"헉헉······."

"20초 쉰다."

최영태의 음성이 무심하다.

영석은 필사적으로 머리를 굴렸다. 복식도 아니고, 이 정도의 페이스로 랠리가 이어질 일은 실제론 없다.

그 궁금증을 최영태가 캐치하고 손을 까닥였다. 영석이 반사적으로 튀어 나갔다.

"포와 백을 전력으로 달려서 겨우 닿을 거리에 던져준다. 그 것을 35초 동안 한다. 인간의 무산소 운동의 한계 시간이다."

"네."

"인, 아웃만 신경 쓰면 돼. 아직 코스까지 챙길 필요는 없다. 지금 하고 있는 건 영석이 네 육체를 개조하는 작업이니까."

"개조요?"

영석이 깜짝 놀란 듯 목소리를 높였다.

최영태가 작게 한숨을 내쉬었다. 말 많이 하는 걸 좋아하는 타입은 아니지만, 오늘은 어쩔 수 없이 설명을 많이 해줘야겠다고 생각했다. 아무 이유 없이 '하라면 해!'라고 윽박지르는 것 또한 문제가 있다고 생각하니까 말이다.

"35초를 무산소로 움직이고 포인트 사이인 20초의 휴식. 이

걸 15회 한다. 15회는 2게임 분량의 최대 포인트 수다. 그 후
엔 90초 동안 휴식한다. 코트 체인지 휴식 시간이다. 일단 이
걸 3세트, 즉 6게임분을 하는 거다."

영석은 최영태의 말에 정신이 아득해졌다.

플로리다에서 배운 '멘탈 훈련'이 떠올랐다. 포인트 사이의
20초 간격에 자신의 몸을 최고의 상태로 끌어 올릴 수 있는 여
러 기억들을 끄집어내는 훈련의 의미는 최영태의 레슨에서 비
로소 확연하게 알게 됐다.

'그럼 방금 한 걸 90번 하라고?'

최영태가 피식 웃으며 말했다.

"넌 어렸을 때부터 훈련해 왔기 때문에, 3세트는 무리여도 지
금이라도 2세트분은 할 수 있을 거다. 다만 페이스가 조금 빨라
졌을 뿐이지. 이때까지와 별다를 거 없다."

영석이 침을 꿀꺽 삼키고는 조심스럽게 물었다.

궁금한 걸 모두 물어보겠다는 심산이다.

"페이스는 왜 그렇게 빠른 건가요?"

"격한 스톱&대시를 반복하면 골절이 되진 않아도 발 관절에
수많은 작은 균열이 생긴다. 파열까진 가진 않지만 근육이 염증
을 일으키기 시작하고, 피로물질이 급속히 몸속을 돌아다니고
전신의 세포가 산소를 달라고 심장을 압박하게 된다. 명백하게
네 몸을 '이상 상태'로 만드는 작업이다."

최영태가 잠시 말을 멈췄다.

오래 얘기하는 건 익숙지 않기 때문이다.

"이런 이상 상태를 두 달간 계속한다. 그러고 나면 처음으로 뼈나 근육을 지키기 위해 몸이 변하기 시작한다. 그게 육체 개조의 시작이다. 한번 완전히 부서진 몸을 테니스 전용으로 특화시키는 작업이라고 할 수 있지."

"……."

듣기만 해도 어지러울 정도의 강도 높은 훈련이다.

아무 말 않고 가만히 있는 영석에게 최영태가 말한다.

"사람의 몸은 그렇게 강하지 않아서 어느 정도의 운동량을 겪으면 자연스럽게 피로물질이 몸 안에 자리 잡게 되고, 뇌에선 '그만두라'고 치열하게 명령을 내린다. 이건 아무리 육체를 개조해도 어쩔 수 없는 일이지. 하지만!"

꿀꺽.

"네 말대로 앞으로 선수가 돼서 마지막까지 승리해 올라가고 싶다면… 피로 물질을 이겨내는 습관을 몸에 각인시키는 수밖에 없다. 매치포인트까지 갈 것도 없다. 경기의 흐름을 잡아가는 주요 고비들, 이를테면 게임 포인트, 브레이크 포인트, 세트 포인트 등… 그런 순간은 꼭 힘들 때 찾아오지. 그럴 때야말로 최상의 움직임이 필요한 때다."

백번 옳은 말이다.

최영태의 열변에 영석은 고개를 끄덕였다.

육체적인 피로뿐 아니라, 테니스는 정신적인 스트레스가 극도에 이르는 종목이다. 코트 한 면을 많게는 수만 명이 지켜보고 있다. 단 두 명을 말이다. 벤치에는 자신의 가방과 음료수, 수건이 전부고 철저히 혼자다. 그런 심리적 압박감에 게임, 세트, 매치포인트는 수시로 찾아온다. 대부분의 사람은 결코 이겨낼 수 없는 압박이다. 그런 때에 최소한 육체만큼은 피로감을 느끼지 않아야 한다.

최영태가 말을 이었다.

"나는 근성론을 좋아하지 않아. 강인한 정신력은 결국 강인한 육체에만 깃드는 거다. 힘겨울 때 마지막으로 몸을 움직이게 해주는 건 기력이지만 기력으로 계속 싸우기 위해 최종적으로 필요한 건 바로 '몸', 즉 육체다."

"네!"

"알아들었으면 다시 가. 처음부터 다시 한다. 목표는 90세트."

"…네!"

*   *   *

그렇게 순식간에 두 달이 흘렀다. 그리고 해가 넘어갔다.

영석은 13살, 진희는 14살이 됐다.

영석과 진희는 좀비처럼 흐느적대며 공부를 하고 있었다. 영석은 대검, 진희는 고검을 목표로 공부하고 있는 중이다. 둘의 안색이 너무나 시꺼멓게 죽어 있어서 부모님들이 몸에 좋다는 홍삼이며 대추며 진액을 물처럼 마시게 했다.

"영석아, 나 이거 가르쳐 줘."

점점 머리가 굵어지며 연하의 영석에게 모르는 걸 묻는 거 자체가 거북스러웠던 진희였지만, 이제 같은 길을 목표로 쭉 함께한다고 생각하니 거리낌이 없었다.

"이건……."

영석이 친절하게 노트에 식을 적어가며 풀어줬다.

그러고 보니 방에 A4용지가 지저분하게 뿌려져 있었다. 모두 새카맣게 물들어 있는 걸 보니 영석의 흔적이다.

"그냥 마지막에 이 공식만 외워서 쓰면 안 돼?"

영석의 설명이 무려 15분에 걸쳐 이어지다가 겨우 끝나자 진희가 물었다.

"수학은 사고의 복층(層)화를 위한 거야. 일단 모르는 게 있으면 최소한 1시간은 붙들고 있는 걸 추천할게. 관련 있다고 생각되는 공식은 다 끄집어내서 한쪽에 적어놓고, 이것저것 시도하면서 조금씩 전개해야 해."

영석이 A4 한 장을 더 꺼내서 깔끔하게 정리해 주며 말을 이었다.

"전선이나 이런 거 한곳에 모아놓으면 어느새 엄청나게 뒤엉켜 있잖아. 그게 수학 문제라고 생각하면 돼. 아득하게 보여도 하나하나 풀어나가다 보면 다 풀리게 돼 있어."

"응……."

괜히 자신을 나무라는 것 같아서 진희는 시무룩했다.

영석이 그런 진희의 머리를 쓰다듬어줬다.

"이건 진희가 아직 안 배운 개념이니까 못 풀었던 게 당연한 거야. 기죽지 마."

"응!"

금세 활기차게 답한 진희다.

영석이 책상 위를 팔로 한 번 쓸었더니 책들이 후두둑 떨어진다.

한 과목당 둘이 붙들고 있는 문제집과 개념서의 수가 너무 많아서 이런 식으로 한 번에 떨구고 다음 과목을 책상에 펼치고 또 공부한다.

"플로리다에 있을 때, 얘기는 잘 통했어?"

영석이 운을 뗐다. 영어 공부를 할 생각이다.

"룸메이트들이랑은 큰 문제 없었는데, 코치님들이 설명하는 건 잘 못 알아들었어."

진희가 곰곰이 생각해 보더니 답했다.

"그래? 그럼 일단 테니스랑 관련된 단어랑 관용어들을 공부하자. 음, 이건 내가 플로리다에서 복사해 온 파일인데… 한번 같이 듣자."

영석이 준비한 파일은 한 경기의 해설이다. 그리고 기자회견, 선수 인터뷰들이다.

외국인 캐스터나 해설위원들은 중계방송을 할 때, 말을 거의 안 한다. 1경기에 말한 것만 모아도 10~15분 정도 될까?

"그냥 그레이트! 어썸! 어메이징! 이것만 들린다…… 헤헤."

한번 듣고 난 진희가 귀엽게 혀를 빼물고 웃는다.

영석도 피식 웃었다. 축구와 다르게 이상하게 테니스는 시청자를 '가르치려' 하지 않는다. 그냥 선수 칭찬만 하며 추임새 넣고 끝나는 경우도 있다. 심지어 랠리 중엔 아무런 말도 안 한다. 그래서 어떤 경우엔 5분 동안 선수들 숨소리와 신음밖에 안 들린다.

그래도 인터뷰 녹음 파일은 이것저것 참고할 게 많았다.

"이런 것도 준비했어."

영석이 주섬주섬 가방에서 뭘 꺼냈다. 가만 보니 종이 뭉텅이였다.

"단어랑 숙어, 그리고 선수랑 스태프들 간의 대화에서 필요한 문장들을 내 나름대로 유추해서 정리해 봤어."

"세상에……."

진희가 영석이 준비한 걸 보고 깜짝 놀랐다.

분명 자신과 똑같은 스케줄로 움직이고 있어서 안다. 훈련받고 나면 기절할 듯이 피곤해서 헛구역질을 잠들 때까지 한다. 밥은 그야말로 '성장하기 위해'서만 먹는다.

그렇지 않으면 1주일이면 5kg씩은 우습게 빠진다. 거의 제정신이 아닐 정도로 혹독한 스케줄을 겪어내는 와중에 저렇게 공부할 것까지 다 준비하는 영석이 대단했다. 이미 전 과목을 영석이 가르치고 있는 중이라 미리 예습이며 요점 정리며… 할 게 얼마나 많은지 조심스럽게 가늠이 가능한 나이가 된 진희는 영석의 정성에 감동했다.

와락.

갑자기 진희가 영석을 꼭 안았다.

어느새 둘의 키는 비슷해져서 예전처럼 누나 동생 사이 같진 않다.

"고마워……."

영석은 난감했다.

미국에서 온 이후로 진희의 스킨십(?)이 날로 대범해진다. 손 잡는 것, 팔짱끼는 건 예삿일이고, 뽀뽀도 서슴지 않고 한다. 보통의 13살 먹은 남자아이라면 질색하며 밀어냈겠지만, 영석은 그런 진희가 한없이 귀여워서 받아주고 있는 실정이다.

'여자애들은 빨리 큰다더니…….'

아마 앞으로 진희는 여자아이들과 어울릴 수 있는 기회가 없을 거다.

학교의 동창 여자아이들, 운동부의 동기들… 사람들 사이에서 부대끼며 사회화가 이루어지는 것이 보통인데, 진희는 그렇지 못할 거다. 사람도, 사랑도, 사고관까지도… 모두 영석하고만 어울리며 습득할 거다.

진희가 영석에게 갖는 의존도는 상상을 초월한다.

영석은 진희에게 동생이자 친구이고, 애인이자 오빠의 역할도 한다. 그뿐인가, 어려서부터 영석이 밥도 해주고 투정도 받아주고 공부도 가르쳐 주고 했으니 부모의 역할도 하고 있을 것이다.

"……."

흠칫.

그렇게 생각하자 영석은 막중한 책임감이 느껴졌다.

하지만 한편으론 호기가 솟았다.

'그래. 내가 무엇이든 다 해주마.'

영석의 눈에 기이한 불꽃이 일렁였다.

책임감, 소유욕이 섞여 있는 '남자'의 눈빛이다. 영석 본인은 모르고 있지만 말이다.

*　　　*　　　*

"빨리 와!"

저 멀리서 흐느적거리는 영석과 진희에게 최영태가 호통을 친다.

아이들은 안색이 검다 못해 잿빛으로 물들어 있었다. 너무나 힘든 나날들이 몸의 기능을 갉아먹고 있는 것이다.

그래도 영석은 영태의 호통에 진희의 손을 붙잡고 걸음을 빨리 옮겼다.

"오늘은 너희 둘 다 또래와 시합한다."

앞까지 온 영석과 진희가 가엾지도 않은지 최영태가 단호하게 말했다.

"시합… 요?"

영석은 아찔했다.

시합이라니…… 저녁에 혼자 씻는 것도 너무 힘들어서 30분이나 걸리고, 계단 내려오는 것도 한세월 잡아먹으며 간신히 하는데… 이 와중에 시합이라니. 진희도 옆에서 울상이다. 그러나 최영태는 몸을 돌려 차에 올랐다. 사근사근하던 이유리도 별말 없이 조수석에 앉았다.

영석과 진희는 하는 수 없이 뒷좌석에 몸을 실었다.

웅—

차는 조용히 엔진음을 내며 제 다리를 힘껏 놀렸다.

"안녕하십니까!"

최영태가 문을 열고 코트에 들어오며 큰 소리로 인사했다.

멀리서 푸근해 보이는 아저씨 한 명이 터벅터벅 최영태에게 다가왔다.

"아이고… 우리 영태, 결혼식 때 보고 오랜만에 보는구나."

그리고 이유리에게 사람 좋아 보이는 웃음을 지으며 안부를 물었다.

"유리 너도 건강하게 잘 지냈느냐."

"네, 감독님!"

사람 좋아 보이는 이 아저씨는 최영태의 모교인 청송중학교 테니스부 감독으로, 전국 우승을 밥 먹듯이 하는 소문난 명장이었다. 최영태가 이유리와 교제를 시작하고부터 계속해서 찾아가 안부를 물을 정도로 인간성도 좋았다.

"그래, 저 아이들이 너희가 키우고 있는 제자들이냐."

감독이 영석과 진희를 보며 그렇게 묻자 영석이 냉큼 허리를 굽히며 인사했다.

진희도 얼떨결에 같이 인사하게 됐다.

"안녕하십니까!"

"안녕하세요."

"그래, 오늘은 잘 부탁한다."

만면에 웃음을 띠고 답한 감독이 다시 시선을 최영태에게 두고 물었다.

"워밍업은?"

"30분만 기다려 주시면 확실히 풀고 오겠습니다."

"그래그래, 운동장 쓰면 되니까 거기서 몸 풀고 와라. 나도 아이들 준비시킬 테니까."

감독이 그 말을 마치고 몸을 돌려 다시 터벅터벅 걸어갔다.

밤톨머리의 남학생들이 잔뜩 긴장한 채 감독에게 시선을 두고 있었다.

최영태가 영석과 진희에게 말했다.

"오늘은 청송중학교 월례 토너먼트가 열리는 날이다. 한 달에 한 번씩 학년을 가리지 않고 시합을 해서 '서열'을 정하는 거지. 좋은 결과를 내면 주전 선수가 되는 길이 열리는 만큼 다들 독기 품고 할 거다. 진희 넌 이유리 코치랑 옆에 있는 여자부에 가서 마찬가지로 토너먼트에 참가해라."

"네!"

대답은 제법 큰 듯했지만, 진희도 영석과 마찬가지로 죽을상이었다.

"일단 워밍업하러 다 같이 나가자."

최영태는 아이들을 운동장에 끌고 나갔다.

"400미터 전력 질주 그거 있지? 두 세트씩만 해라."

"네?!"

이미 두 달 사이에 워밍업으로 4세트까지 할 수 있는 체력을 기른 영석과 진희였지만, 지금 이 상황에서는 다르다.

'가뜩이나 쓰러지고 싶은데 시합도 해야 하고… 이 무식한 달리기도 해야 된다니……'

영석과 진희가 속으로 한숨을 내쉬었다.

"뭐 해, 안 뛰고. 빨리 뛰어!!"

최영태가 둘에게 호통을 쳤다.

그제야 이를 악문 둘은 스트레칭을 하며 달릴 준비를 했다.

"알지? 무슨 일이 있어도, 너희가 첫째 날 뛰었던 기록보다 늦으면 안 된다."

최영태가 악마처럼 단호하게 내뱉었다.

　　　　　*　　　　　*　　　　　*

'아아… 죽겠다.'

시합 상대가 누군지 영석은 알고 싶지도 않았다.

빨리 드러누워 자고 싶다는 생각밖에 들지 않았다. 프로로 살아가고자 하는 마음? 결의? 삶을 테니스에 던졌다고? 이 모든 것이 부질없게 느껴질 정도의 피로와 사투하는 나날이었는데, 시합이라는 부담이 더해지자 헛바닥 깨물고 드러눕고 싶은 심정이다.

그렇게 시체처럼 상대방과 시합 전 가벼운 랠리로 몸을 풀고 있는 영석이다.

'뭐야, 이건.'

한편 영석과 랠리를 치고 있는 상대방 선수는 영석의 흐느적거리는 몸짓에 작은 짜증이 났다. 성의가 없다고 느껴졌기 때문인데, 묘하게 공 끝이 묵직해서 더 기분이 나빴다.

'뭐 공짜로 승리 챙긴다고 생각하자. 1회전 돌파라도 하는 게 어디냐.'

그는 1학년이었기 때문에, 주전 선수까진 바라지 않았다. 조금이라도 자신의 기량을 감독에게 보여주고 싶은 마음에 승리를 원할 뿐이었다.

"게임 시작."

매치가 어쩌고 서브가 어쩌고 하는 우아한 심판의 신호 대신 청소년의 어설프게 굵은 목소리가 시합 개시를 알렸다.

"으… 차!"

서브는 영석부터 했다.

토스를 하는데 벌써 장딴지와 등, 어깨가 뻑뻑해서 신음이 절로 나왔다.

"쳇."

각오했었지만, 서브의 위력이 전혀 없었다. 두둥실 떠서 간다고 생각될 정도다.

아니나 다를까, 펑! 하는 소리와 함께 상대의 무자비한 포핸드가 작렬했다. 짜증이 묻어 있는 건 영석의 착각이었을까.

"러브 피프틴."

영석이 해롱거리는 걸 본 심판 소년도 흥미를 잃은 목소리로 무미건조하게 스코어를 외쳤다.

"어라?"

굴욕적인 리턴 에이스를 당한 영석은 이상한 느낌이 몸을 서서히 잠식하자 놀랐다.

여기 오자마자 최영태의 강요로 달렸을 때만 해도 미칠 듯이 피곤했는데, 막상 서브를 한 번 넣자 몸이 시원해지는 신기한 느낌을 받았다. 여전히 피로감에 머리끝까지 잠식당해서 숨쉬기조차 힘들었지만, 분명한 건 몸은 서서히 깨어나고 있다는 점이었다.

그제야 상대방이 제대로 보였다. 사람들이 보기엔 그저 시꺼먼 운동부 소년이었지만, 영석이 보기엔 산뜻함이 가득한 귀여운 소년이었다. 소년의 얼굴엔 벌써 지루함이 가득했다.

'미안하다. 재미없는 시합을 하게 만들었구나.'

그 뒤로도 시합은 일방적이었다.

몸이 서서히 회복되는 기분은 들었지만, 여전히 생각보다 몇 박자는 늦게 따라오고 있었기 때문에 타점과 임팩트 모두 흔들려서 죄다 아웃되고 말았다. 그렇게 1세트는 6 : 2로 마쳤다.

"후."

몸에서 진액이 빠져나가는 기분이었다.

잠시 의자에 앉아 수건으로 땀을 훔치는데, 땀이 시꺼멓다. 누가 보면 땟국물이 좔좔 흐른다고 할 만큼 악취 나는 땀이었다. 점성도 지나치게 높아서 풀이나 본드처럼 끈적이는 기분이었다.

'살다 살다 별일을……'

영석이 영혼이 빠져나간 듯이 너털웃음을 지었다.

이 기현상을 분석할 틈도 없이 다시 2세트가 시작되려 했기에 자리를 털고 일어났다.

그 순간,

"어?"

영석은 직감적으로 이해했다.

설명하기 어렵지만, 지금 컨디션이 최고를 달리고 있다는 것을 말이다.

상대방이 서브를 하려 공을 통통 튕기고 있었다.

2세트의 시작이다.

퉁!

상대 선수는 영석이 의욕을 잃었다고 생각한 건지 정말 대충 서브를 넣었다.

그것도 센터로 말이다.

"후읍!"

펑!!!

강렬한 걸 넘어서 괴랄한 소리라고까지 할 수 있는 타구음에 일순간 많은 사람들이 깜짝 놀랐다.

"……!!"

그건 상대방 선수도 마찬가지였다.

어어… 하는 사이에 공이 무심하게 스치고 지나갔다.

"헐……."

공 자국이 선명하게 찍힌 클레이 코트를 보며 놀란 상대는 순식간에 긴장감을 높일 수밖에 없었다.

다음 서브는 제대로 해야겠다는 마음을 먹고 서브를 했지만,

펑!!

이것도 무자비하게, 심지어 라이징으로 리턴을 당하는 굴욕을 맛봤다.

'느려.'

영석은 로딕의 서브를 봤다.

아마 전 세계 동년배 선수 중 가장 빠를 것이 분명한 그의 서브에 비하면 동네 중학생의 서브란 별거 아니었다. 서브로 넘어오는 공이 얼마나 느렸는지, 영석은 테니스공의 삐져나온 털들이 몇 개인지 순식간에 캐치할 정도였다.

"예쓰."

영문은 모르겠지만 절호조의 컨디션이 영석에게 도래했고, 영석은 순식간에 피로를 잊었다.

투쟁감이 솟아올랐다.

"수고하셨습니다."

경기는 허무했다. 남은 두 세트는 내리 6 : 0, 6 : 0으로 찍어 누른 영석이 그 뒤로도 쭉쭉 치고 올라가서 우승해 버리는 쾌거를 이뤘다. 진희도 어느새 이유리와 함께 최영태의 곁으로 돌아왔다.

"우승했어."

영석처럼 압도적이진 않지만, 진희는 무실 세트로 우승했다.

"괜찮은 아이들이네. 영태 네가 가르쳐서일 거야."

사람 좋아 보이는 감독이 다가와 최영태를 치하했다.

"아닙니다. 전 아직 코치로서는 초보인데요, 뭘. 이 아이들이 대단한 거죠."

"어쨌든 그 아이들을 잘 키우도록 하게."

감독이 최영태의 어깨를 몇 번 두드리고는 몸을 돌렸다.

밤송이들처럼 귀여운 소년들의 안색이 창백해졌다.

'큰일 났다.'

아마 크게 혼날 것이다. 생각해 보면 그렇게 압도적으로 밀릴 이유가 없었는데, 뭐에 홀린 듯 전의를 상실하고 게임을 던지듯 무리수를 남발했다. 자신들이 생각해도 한심했는데, 감독의 눈에는 어떻게 보였을까. 암담했다.

＊　　　＊　　　＊

"수고했다. 저 아이들이 딱 중학생 선수 평균이다. 저기서 크게 잘하지도, 크게 못하지도 않아. 그렇다고 너무 들뜨지 말고."

"네!"

힘차게 대답을 하는 영석과 진희는 말과 다르게 표정에 아리송한 기색이 가득했다.

자신들의 컨디션이 왜 올라왔는지 전혀 모르겠다는 표정이다. 아니, 정확히 말하면 영석은 대충 알고 있었다. 단지 이번 경우처럼 '계획된 훈련'으로 자연스럽게 이런 상태에 도달한 게 신기할 뿐이다. 단박에 그걸 캐치한 최영태가 또 길고 긴 설명을 해줬다. 이 귀찮음도 한 번이지, 두 번은 없을 거라고 다짐하면서 말이다.

"오늘 갑자기 컨디션 좋아졌지? 그걸 Active rest라고 한다."

"액티브 레스트요?"

"그래. 지친 몸을 효율적으로 회복하기 위한 방법론이야. 쉬는 것보다 적절한 운동이 더 좋다는 거지. 온몸에 가득한 피로 물질을 혈류로 흘려보낼 정도의 가벼운 운동을 하면, 회복이 빠르게 되지. 운동이 끝난 뒤에 마무리 운동하는 것도 비슷한 원리라고 생각하면 돼. 이 회복 기간은 육체 개조가 끝난 뒤에 시작된다."

"……."

영석과 진희가 눈빛으로 계속하라는 뜻을 전했다.

"육체 개조가 한차례 끝나면 공을 치는 이상적인 리듬을 회복된 몸이 기억하게 되면서 생각한 그대로의 플레이가 가능해지지. 단, 이게 지속되는 건 아니야. 그럼 누구나 메이저 우승컵을 들겠지."

"……."

"계속해서 혹독한 과정이 필요하다. 회복이 다 됐다면, 두 달간 했던 육체 개조를 이번엔 1개월 만에 끝낸다. 2달 동안 했던 걸 1달로 줄인다는 건, 아마 2배 이상으로 힘들 거다. 강인해진 몸을 두 번째 육체 개조를 통해서 또 한 번 무너뜨린다. 무너뜨린 몸을 1주일에 걸쳐서 회복시키고, 더욱 강인해진 몸을 이번엔 2주일간 혹사하고 4~5일 만에 회복시킨다. 이런 식으로 계속해서 개조와 회복을 반복하는 거지."

"……."

최영태가 얼마나 무시무시한 말을 하고 있는지는 훈련을 받았던 영석과 진희가 제일 잘 안다. 더 짧은 기간에 그 무식했던 훈련을 몸에 눌러 담으려면 어떤 고통이 따를지 상상만 해도 오금이 저리고 구역질이 올라왔다. 하지만 최영태는 아랑곳하지 않고 말했다.

"최종적으로는 5일간 혹사한 몸을 이틀에 걸쳐 회복시키는 리듬으로 정착하는 거다. 5일의 훈련과 이틀의 휴식을 반복해서 육체의 진화를 꾀하는 것, 그게 내가 계획한 훈련의 최종 목표다."

최영태의 설명이 마침내 끝났다.

말을 마친 최영태가 슥 아이들의 안색을 살폈다.

우승의 기쁨도 잠시, 아이들의 안색은 창백하게 질렸다. 안쓰러운 마음이 조금 생겼지만 애써 눌렀다.

"힘들고 못 버틸 것 같을 땐 너희들의 몸과 대화해라, '먹고 살려면 이 정도는 버텨야 한다'라고 말이다. 수만 명이 그렇게 살아가고 있다."

"…네."

영석과 진희의 눈빛이 깊게 가라앉았다.

둘 모두 아이답지 않은 사고력으로 끊임없이 스스로를 관조해 가며 최영태의 말을 따르고 있는 것이다. 그런 아이들이 대견한지 최영태가 씨익 웃었다. 1년에 한 번 웃으면 많이 웃는 최영태의 진귀한 미소였지만, 불행히도 조수석의 이유리를 제외하곤 아무도 그 미소를 못 봤다.

그 뒤로도 강도 높은 훈련이 이어졌다.

훈련이라는 것은 익숙해지는 순간 소용이 없어지기 때문에, 최영태는 조금씩, 아주 미세하게 강도를 높이며 영석과 진희의 몸을 무너뜨리려 했다.

그와 동시에 최영태 자신이 아이들에게 설명해 준 것처럼 회복 기간엔 많은 시합을 주선해서 최고조에 달한 컨디션을 직접 몸으로 체감하게끔 노력했다.

영석과 진희는 그해 겨울 다시 플로리다를 방문해서 최영태의 훈련이 얼마나 철저하고 효율적이었는지 직접 깨닫게 됐다.

그리고 시간은 유수와 같이 흘러, 2000년이 됐다.

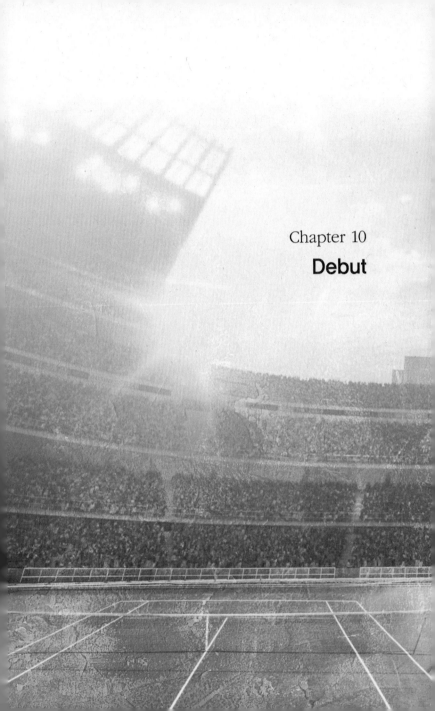

Chapter 10

Debut

"그럼 다녀올게요."

183센티미터 정도 될까.

늘씬하게 쭉 뻗은 다리가 눈에 들어온다.

멀리서 보면 여자 다리라고 생각될 정도지만, 가까이서 보면 잔근육들이 길쭉하게 자리 잡고 있다. 시선을 올려 상체를 보자 약간은 기이할 정도로 가늘어 보이는 허리가 눈에 들어온다. 아마도 양옆으로 광활하게 펼쳐진 어깨 때문에 그렇게 보이는 걸 거다.

햇볕 아래에서 오래 지냈는지, 살결이 가무잡잡하면서도 곱다. 16살이 된 영석의 모습이다.

"걱정 마요. 올 때 선물 사 올게."

옆에서 모델 뺨치는 미녀가 손을 흔든다.

무려 178센티까지 큰 진희가 맑은 웃음을 짓고 있자, 온 세상이 환하게 빛나는 듯했다.

나름대로 잘 큰 영석을 압살할 정도로 예쁘게 자란 진희는 올해 17세가 됐다.

둘 다 선남선녀라 공항의 많은 사람들이 자신도 모르게 시선을 둘 정도였다.

그런 영석과 진희를 푸근하게 웃으며 환대하는 네 명의 어른들 또한 눈에 띠었다.

하나같이 고급스러운 정장을 담백하게 걸쳐서 절로 부티가 났다. 영석과 진희의 부모님이다.

"잘 다녀와라. 진희가 우리 영석이 좀 잘 챙겨주고."

"영석이 너도 진희 잘 챙겨주고 그래."

영석의 부모님이 한마디씩 한다. 진희의 부모님은 말이 없는 타입이라 그저 가만히 미소 짓고 있을 뿐이다.

매년 가는 플로리다였지만, 한결같이 걱정해 주는 고마운 분들이다.

결국 결혼을 포기하고 일에 매진해서 지위가 한없이 높아진 영애는 높아진 권력만큼이나 그 책임을 다하기 위해 불철주야 병원에서 일을 하고 있다. 배웅 못 한다고 크게 상심했던 것을 영석이 달래느라 많은 고생을 했다.

"넵. 잘 다녀오겠습니다. 가자, 진희야."

"응. 다녀올게요!"

진희가 밝게 웃으며 안녕을 고하고 영석의 팔짱을 끼고는 게이트에 들어갔다.

*　　　*　　　*

"여기서도 공부해야 돼?"

진희가 불퉁거렸다.

"그럼 15시간 동안 뭐 하게. 괜히 잠 많이 자봤자 시차 적응한다고 고생만 해."

이륙하고 3시간이 흐르자 곤히 자는 진희를 깨우고 모의고사 문제집을 들이미는 영석이다. 그런 영석의 모습에 기가 찬 진희가 구시렁거렸지만 영석에겐 씨알도 먹히지 않았다.

"하기 싫은 건 빨리 해서 치워 버려야지. 그게 현명한 거야."

영석이 근엄하게 말했지만, 눈에선 걱정과 염려가 쏟아졌다.

영석 자신은 이미 대학에 입학했다. 과는 다르지만 부모님과 영애의 후배로 들어갔으니, 공부로도 대성한 셈이다. 혹여나 진희가 그걸로 속상해하거나 자괴감에 빠질까 노심초사 하며 괜히 진희를 들들 볶는 영석이다. 같이 산(?) 세월이 10년이 다 되어가는 진희가 그런 영석의 내심을 모를 리 없다.

"네, 네, 알겠습니다아아아아."

진희가 힘껏 째려보고는 할 수 없다는 듯 문제를 풀기 시작했다.

시간 내에 풀 수 있어야 하기 때문에 영석은 타이머를 작동시키고는 책을 읽기 시작했다.

양장본으로 된 고전소설인데, 제목이 『인간실격』이었다.

휠체어 테니스를 하던 전생의 감정선과 잘 맞아떨어져서 몇 번이고 읽곤 하는 책이다.

'찌질하고 가여운 새끼.'

소감은 이처럼 가차 없지만 말이다.

그렇게 비행 시간 내내 각자의 할 일을 하며 정신노동에 빠져든 둘이다.

*   *   *

"영석!! 진희!!"

멀리서 사무직원이 피켓을 들고 서 있는 게 보인다.

매년 오다 보니 많이 친해져서 이제는 직접 공항에 픽업하러 온다.

영석과 진희가 반갑게 손을 흔들며 사무직원에게 다가갔다.

"오우, 그새 키가 더 컸어!! 좋아. 너희는 확실히 소질이 있구나."

사무직원이 자신보다 훌쩍 커버린 둘을 보며 감회에 빠졌다.

영석과 진희가 플로리다에 수년 전 처음 발을 들였었던 때가 기억난 것이다. 그때의 룸메이트들은 이제는 모두 없다. 테니스를 포기하고 각자의 길을 떠난 것이다. 그만큼 영석과 진희는 사무직원에게도 각별했다.

"가자! 배고프지? 차 준비했어. 가면서 들으면 놀랄걸? 오늘의 식단은 굉장하다고!"

사무직원의 너스레에 영석이 빙긋 웃었다.

워낙 질 좋은 식자재라서 그냥 볶기만 해도 맛있었지만, 매년 비슷한 식단이다 보니 이제는 집밥만큼 익숙하다. 사무직원의 말처럼 굉장할 일은 없다.

"휴우."

짐을 풀고 창밖을 보니 벌써 어두웠다.

매년 얼굴들이 바뀌어서 이제는 모르는 사람들투성이인 룸메이트들을 적당히 상대한 영석이 침대에 털썩 눕고는 상념에 빠졌다.

"아직도 프로가 되기엔 먼 것인가."

최영태가 주선해 준 시합에선 4년 동안 단 한 번도 패배한 적이 없다.

진희 또한 영석과의 성대결을 제외하곤 져본 역사가 없다. 매년 왔던 플로리다에 로딕은 없었다. 다른 굉장한 녀석들은 모두 나이가 많거나 프로로 데뷔한 상태다.

조금의 매너리즘이랄까 그런 낯선 감정이 스물스물 고개를 쳐들고 있었다.

*　　　*　　　*

9분할이었던 코트가 어느새 36분할이 되었다.

영석의 최종 목표는 64분할이다. 어느 순간, 어느 상황에서도 원하는 번호판에 공을 꽂아 넣는 것이다. 가능한지 불가능한지는 따질 필요가 없다. 시합이 아닌 레슨이라면 100분할도 거뜬히 해내는 선수가 한 트럭이다.

펑!

"나이스!"

모두가 연신 영석을 칭찬했다. 칭찬을 할 수밖에 없는 인재다.

코치는 공을 던져주며 영석을 분해하듯 유심히 관찰했다.

텅.

시작부터 남다르다.

코치도 기계가 아닌 이상 매번 공을 같은 타이밍에 주기 힘들다.

영석은 그 미세한 차이를 명확하게 인식하고 각기 다른 타이밍에 스플릿 스텝을 뗀다.

그리고 이어지는 스텝.

타탁, 탁.

언제 봐도 깔끔하고 유려한 스텝이다.

재능과 노력의 산물. 아니, 사실 정확히 말하자면 천부적인 재능이 훨씬 크게 작용했으리라. 가르친다고 다 되는 게 아니다.

툭.

그리고 저 거리 감각이 또 일품이다.

시력이 일반인들과는 다르다. 공과 자신의 거리감을 밀리미터 단위로 쪼개서 공을 품에 안는다. 이런 거리 감각이 있으니 자신 있게 내디딘 저 오른발이 그토록 빛나는 것일 거다.

쉬익, 펑!

스윙의 궤적은 또 얼마나 효율적이며 예쁜지 모른다.

선수는 각자의 습관 때문에 모두 스윙의 궤적이 다르게 마련인데, 영석만큼 효율적이며 우아한 라인을 그리는 선수는 드물 것이다.

후욱.

공이 맹렬한 톱스핀을 보이며 코트 깊숙이 찔러 들어온다.

그 공을 받는 이는 아마 공의 무게감에 놀랄 것이다. 공의 무게감은 보통 공의 속도와 회전수로 결정된다. 상대 선수가 생각지 못한 곳까지 짓쳐들어와서 타점이 어긋날 때, '공이 무겁다'는 표현을 쓴다. 영석의 공은 굉장히 품질이 높은 공이다. 프로 특유의 깔끔하면서 일정한 스핀이 걸린 공을 보며 코치는 흡족했다.

             *   *   *

폼 체크를 위한 영상실.

시대가 흐를수록 전자기기의 품질은 상상을 못 할 속도로 발전한다. 이곳 플로리다도 마찬가지여서 굉장한 품질의 영상으로 자신의 폼을 체크하는 것은 물론이고, 기록이 남아 있다면 대형 스크린에 한 번에 최대 10개까지 동시에 영상을 재생시켜서 분석할 수도 있다. 자연스럽게 인력도 점점 전문화되는 추세다.

"크큭. 이 작은 애기 봐봐."

진희가 영석의 어릴 때 영상을 보며 키득거린다.

'또 시작이군.'

매년 플로리다에 올 때마다 진희는 영석의 어릴 때 영상을 굳이 찾아서 재생한다. 복사본까지 있어서 집에서도 본다. 그리고 혼자 키득거리며 무려 한 시간을 추억 여행에 빠져 허우적거린다.

"너도 애기였어."

영석이 지지 않겠다는 듯 진희의 예전 시합 영상을 띄웠다.

얼마 지나지 않아 영석에게 큰 충격을 줬던 장면이 나왔다.

'봐도 봐도 예술적인 드롭 발리야. 인간의 재능이 아닌 것 같군.'

상대의 강력한 포핸드를 어떤 방식으로 받아야 저렇게 회전과 힘을 다 죽이고 드롭 발리를 할 수 있는지, 물리적으로 그게 가능한지 궁금할 따름이다.

"그거 또 봐?"

진희가 어느새 바싹 다가와 영석의 어깨에 턱을 괴었다.

"응, 대단하잖아."

실제로 진희는 대단했다.

신체라는 벽은 여자 테니스가 더 큰 법인데, 진희는 영석에 비할 바는 아니었지만, 서양인들과 비교해도 우수했다. 그리고 압도적인 기량의 영석과 수없이 많은 시합을 하며 얻은 경험들은 그녀의 실력 향상에 거대한 자양분이 됐다.

"잘하자."

진희가 영석을 껴안으며 말했다.

*　　　*　　　*

"퓨처스?"

"그래. 우리 아카데미가 주최하는 대회야. 퓨처스에 불과하지만 그래도 정식 대회이니 포인트도 걸려 있어. 어때, 참가해 볼래?"

사무직원이 서류를 내밀며 영석과 진희에게 말했다.

주말마다 열리는 토너먼트에서 가뿐하게 아카데미를 제패한 둘에게 사무직원이 제안한 것이다.

"참가 신청은 우리 쪽에서 다 처리할 테니까 시합만 하면 돼."

"일정은?"

영석이 차분하게 되물었다.

하지만 내심 가슴이 벅차오르고 있는 상태였다.

"한 달 뒤에 열릴 거야. 장소는 영석과 진희 너희들이 매주 토너먼트를 치렀던 하드 코트에서 하기로 결정됐어. 우리도 처음으로 퓨처스를 유치하는 거라 이것저것 준비할 것도 많고, 선수들에게 홍보도 하고 그래야 돼."

꽈악—

잡고 있는 진희의 손에서 강한 악력이 느껴진다. 진희도 긴장한 것이다.

"일단, 한국에 있는 스태프랑 상의를 해보고 결정할게요."

"이번 주 안으로만 대답해 주면 돼."

사무직원과 얘기가 끝나자마자 영석과 진희는 서둘러 건물을 벗어났다.

"영석아… 어, 어떻게 하지?"

"뭐, 뭘 그렇게 긴장해? 침착해 봐."

그렇게 진희에게 타박하는 영석의 목소리도 본인만 모를 뿐 떨리긴 매한가지였다.

"일단, 알리자. 지금 시간이면… 한국은 아침이니까……."

그렇게 말을 하며 서둘러 전화를 할 수 있는 곳으로 향했다.

세계 각지에서 학생들이 몰려오는 곳이니만큼, 통화료 또한 아카데미 측에서 부담한다. 다만 그 건물이 꽤나 멀리 있는 게 흠이라면 흠이다.

'데뷔… 라.'

자신도 모르게 영석의 팔을 껴안고 걷고 있는 진희는 혼미한 정신을 부여잡고 영석을 올려다봤다. 걸으면서도 생각을 하고 있는지 영석의 시선이 멀게 느껴졌다.

'시간이 빠르구나.'

진희는 문득 영석이 자신을 구해줬을 때가 떠올렸다.

퓨처스 얘기가 나와서 혼란스러울 법도 했지만… 그건 영석이 알아서 생각할 거라고 여겼다. 습관처럼 계속된 이런 사고방식은 진희에게 이롭게 작용했다. 부담스럽거나 혼란스러운 얘기는 영석이 알아서 해줄 거라는 믿음이 있어서 진희는 진희의 생각을 하면 됐기 때문이다.

'그 차… 무서웠지.'

지금의 혼란스러움은 그때에 비하면 아무것도 아니었다. 아직도 생생한 기억, 어떻게 해야 할지 모르겠는 공포와 조우했을 때 영석이 달려와서 구해줬다. 아직도 부모님은 종종 그 얘기를 하곤 한다. '대단한 아이'라고.

지금도 마찬가지다. 선수를 하겠다고 덤비고 나서 몇 년이 흘렀지만, 그때의 그 차와 마찬가지로 데뷔라는 현실이 갑작스럽게 들이닥쳤다. 시합은 물론 진희 자신이 하는 거지만, 이 상황 자체는 영석과 함께라면 그리 두려울 게 아니다.

그렇게 각자 상념에 빠진 상태로 걷다 보니 콜 센터에 도착했다.

"하이~!"

영석이 들어가면서 인사하자 직원이 물었다.

"영석! 어쩐 일이야? 요즘은 통 안 보이더니."

"한국에 전화하려고 왔어. 지금 통화 가능할까?"

"어디 보자… 한국, 한국… 웅! 지금 괜찮겠다."

직원이 수화기를 들어 몇 가지 간단한 조작을 하고나서 영석에게 건네줬다.

"바로 전화번호 누르면 돼."

"고마워."

영석이 수화기를 받아들고 외우고 있던 집 전화번호를 눌렀다. 아직 출근하기 전이라 부모님 모두 집에 계실 거다.

뚜르르르.

원시적인 신호 연결음이 두세 번 울렸을까, 달칵— 하는 소리와 함께 아버지의 목소리가 들렸다.

—여보세요?

"아버지, 저 영석이예요."

—그래. 아침부터 어쩐 일이니? 미국에서 전화한 건 오랜만이구나."

바로 얼마 전에 공항에서 봤었건만, 늘 반가운 목소리였다.

"다름이 아니라, 아카데미에서 퓨처스에 참가할 수 있겠냐고 물어봐서요."

영석이 간략하게 용건을 말했다.

—…….

"여보세요?"

—아, 아 그래. 퓨처스? 언제… 아, 여보!

수화기 너머로 투닥거리는 소리가 들렸다.

—여보세요?

"엄마!"

어머니가 전화를 받았다.

—언제 하는데? 이번 주는 못 가는데…….

"한 달 뒤에 열린대요."

—그래? 음… 내 생각엔 영석이 너랑 진희 둘 다 참가해도 괜찮을 거 같은데… 우선 영태 코치랑 유리 코치한테 전화해 봐라. 번호 알지?

"네."

—그래. 전화하고 가부 결정하고 나서 이메일로 자세히 연락 줘. 아참, 진희한테도 집에 전화하라고 말하고.

"알았어요. 다음에 또 연락할게요."

아무리 아카데미에서 부담한다지만, 국제 통화가 꽤나 부담스러웠는지, 통화는 늘 이렇게 짧았다. 영석이 수화기를 진희에게 건네며 말했다.

"진희 너도 집에 알리는 게 좋지 않을까?"

고개를 끄덕인 진희도 수화기를 받아 집에 연락을 했다.

그리고 세 번째 통화는 최영태 코치에게 걸었다.

—여보세요?

"코치님, 접니다. 이영석."

—그래. 무슨 일이야?

목소리가 걸걸한 게 늦잠을 잔 모양이다.

"다름이 아니라 아카데미에서 퓨처스 대회 참가 요청을 했거든요."

—뭐?! 퓨처스? 여보! 달력 갖고 와봐. 빨리!

최영태가 드물게 목소리를 높이며 이유리를 채근했다.

—언젠데?

"한 달 뒤라고 했어요."

—가만 보자……. 한 달 뒤? 잠깐만 기다려라.

수화기 너머로 최영태와 이유리가 뭔가를 상담하는 것 같이 들렸다.

1분 정도 지났을까.

—신청해라. 데뷔할 때가 됐지. 우리도 가마. 일정에 맞춰서 몸 만들어줘야겠다.

"코치님도 오시게요? 몸 만드는 거야 우리끼리도 일정에 맞출 수 있는데……."

―이 녀석아, 제자들이 데뷔한다는데 선생이 두 발 뻗고 있을 수 있을 것 같으냐? 아무튼 알았다. 현우 씨랑 민지 씨, 그리고 진희 부모님과 얘기해서 다 같이 가마. 훈련 잘하고 있어. 자율이라고 땡땡이 치지 말고.

"네, 물론이죠."

영석은 수화기를 직원에게 건네며 말했다.

"고마워."

"다음에 한 게임 치자~!"

직원이 빙긋 웃으며 영석에게 말했다.

아카데미 직원은 거의 전부가 테니스를 했던 사람들이라 모두 테니스로 친목을 다지는 경향이 있다. 플로리다를 매년 방문하면서 영석도 거의 모든 직원과 한 번씩 게임을 치렀다.

"좋지. 그럼 나중에 보자."

영석은 인사를 남기고 진희와 함께 건물을 나왔다.

정신이 멍했다. 퓨처스 얘길 듣고 부랴부랴 통화를 하고…….

한 시간도 안 걸린 이 상황이 너무나 피곤했다.

"……."

그렇게 말없이 뚜벅뚜벅 걸어서 기숙사 건물에 도착하자 조건반사처럼 배가 꼬르륵거렸다.

긴장이고 뭐고 배는 고팠다. 영석과 진희는 서로를 보며 고소(苦笑)를 머금었다.

기숙사 입구에서 뒤를 돌아 아카데미 전경을 보니 진홍빛 노을이 찬란하게 빛나고 있었다.

잠시 멈춰서 노을을 바라보던 영석의 입이 열렸다.

"진희야, 이제 시작이야."

진희가 생글거리며 답했다.

"그러네. 잘할 수 있지?"

"당연하지. 너도 잘해야 돼."

"응. 낯간지러운 소리 그만하고 들어가서 밥이나 먹자."

먼저 들어가며 진희가 타박을 줘서 분위기를 깨자 영석이 머리를 긁적이며 식당으로 향했다.

프로가 되는 길에 대한 막연한 고민을 하고 있던 영석과 진희에게 그렇게 기회는 불현듯 찾아왔다.

Chapter 11

Bradenton open
(브레이든턴 오픈)

"오랜만이구나."

최형태와 이유리, 영석과 진희의 부모님까지… 모두를 눈에 담으며 맞이한 영석과 진희는 긴장이 가일층되는 걸 느꼈다. 몸을 물질로 비유하자면 딱딱한 돌이 됐을 거다.

여느 때처럼 영석의 모친, 한민지가 달려와 영석을 껴안고 뽀뽀를 퍼부었다.

"내 아들!! 잘 지내고 있었어? 조금 더 컸으려나?"

평소라면 밀어내려고 아등바등거렸을 영석이 웬일로 가만히 있자 한민지는 영석의 얼굴을 쓰다듬다가 놀란다.

"얼굴이 왜 이렇게 차니."

한민지의 말에 어른들 모두 발을 빨리 놀려 영석과 진희에게
다가온다.

최영태와 이유리 또한 얼굴에 걱정이 가득했다.

"괘, 괜찮아요."

진희는 여전히 말도 못 꺼내고 침묵을 지켰지만, 영석이 입을
간신히 입을 열어 대답하곤 몸을 돌려 일행을 안내했다.

"가시죠. 숙소는 아카데미에서 제공해 준다고 그랬어요."

                    *   *   *

"이영석."

최영태의 입술을 비집고 음산한 목소리가 튀어나왔다.

한창 공을 쫓아다니느라 정신이 없던 영석은 흠칫 놀라 대답
을 하며 네트 앞으로 쏜살같이 달려갔다.

"네, 코치님."

최영태의 안색이 안 좋다.

수년을 함께해 왔지만 이렇게 표정이 안 좋은 건 처음 보는
일이다.

"이리 와. 진희도 같이."

이유리와 함께 멍하니 공만 치다 호명된 진희도 빠른 걸음으
로 네트에 왔다.

"이런 식으로 훈련하는 건 아무런 의미 없다."

최영태가 단호하게 서두를 열었다.

"……."

"나랑 이유리 코치는 너희에게 이런 훈련을 가르친 적이 없어. 이게 뭐야, 단순히 체력만 갉아먹는 아무런 의미 없는 움직임이잖아."

날선 비판이 영석과 진희의 가슴에 비수처럼 꽂힌다.

"왜, 데뷔한다는 게 그렇게 떨려? 부담이 돼?"

"……."

여전히 묵묵부답인 영석과 진희에게 고함을 지를 법도 한데, 최영태는 화를 내는 대신 심호흡을 하고 조용히 타일렀다.

"사람은 누구나 긴장이라는 걸 할 수밖에 없다. 오히려 그런 경우가 없다고 하면 문제지. 여기서 현명한 사람은 역량을 끌어올리는 도구로서 긴장을 이용한다. 아니, 이걸 못 하는 인간은 선수를 하면 안 돼."

"……!"

"그렇다면 사람은 왜 긴장을 할까? 이영석, 대답해 봐."

최영태의 요구에 영석의 입이 열렸다.

"두렵기 때문입니다."

말의 내용처럼 영석의 목소리는 잔떨림이 가득했다.

"진희 너도 대답해 봐."

옆에서 이유리가 채근했다.

"중간에 져서 탈락하면 어쩌나… 하는 걱정 때문이에요."

오히려 영석보다 담담했다.

최영태는 고개를 끄덕이며 말했다.

"둘 다 맞다. 정확히는 '행위에 의미를 부여하기 때문'이다. 이 영석, 이 아카데미에서 몇 경기를 했고, 몇 번을 이겼지?"

최영태의 물음에 영석은 가만히 수를 헤아려 봤다.

몇 년 전부터 거슬러 올라가야 하니 제법 시간이 오래 걸렸지만, 모두 차분히 기다려줬다.

"100번… 정도 경기를 했던 거 같습니다. 세 번 졌고요."

곱씹어 본 영석은 스스로 꽤나 놀랐다.

'로딕을 제외하면 두 명은 얼굴도 기억이 안 나네……'

"진희는?"

"저는 다섯 번 졌어요."

"그리고 너희는 나랑 이유리 코치가 주선한 시합에서 한 번도 진 적이 없었다. 그 모든 시합을 지금처럼 긴장하며, 다른 생각을 하며 치렀었는지 생각해 봐라."

"……"

최영태의 말에 영석과 진희는 아무런 말을 할 수 없었다.

"너희도 알겠지만, 테니스 선수는 늘 시합을 하며 살아간다. 다음 주에 시작하는 퓨처스? 지금은 일생일대의 이벤트로 다가올 수도 있지. 하지만, 올라가다 보면 너희는 늘 '인생'을 건 시합을 할 수밖에 없다. 퓨처스에 몇 번이고 참여하게 되겠지. 그다음은 ATP 챌린저, 250, 500, 마스터즈… 메이저까지, 중압감과 부담을 느끼는 순간은 셀 수 없이 찾아올 거야. 그때도 지금처럼 정신을 놓을 거야?!"

결국 마지막엔 호통이 터졌다.

영석과 진희는 움찔하며 눈을 질끈 감았다.

"긴장을 하지 말라는 소리가 아니야. 전쟁터에서 얼어 있으면 맥없이 죽어버린다는 사실을 말하고 싶은 거지. 즐거움? 행복? 그런 건 찰나에 불과해. 너희가 선수로 살아간다는 건 그 찰나의 행복을 위해 나머지 모든 순간을 견뎌내야 한다는 걸 뜻한다. 이것 또한 자질이야."

"네……."

기운 없이 대답하는 영석과 진희를 보며 다시금 화가 치솟은 최영태지만 이유리가 지그시 쳐다보자 화를 가라앉히고 말했다.

"들어가. 오늘은 쉬어. 아니… 세 세트만 뛰자. 발은 컨디션이랑 상관이 없다."

*   *   *

"44초 63."

영석이 여전히 멍한 눈을 한 체 기록을 듣지도 않고 가쁜 숨을 달래며 천천히 뛰어 몸을 풀었다. 뒤이어 뛴 진희도 52.2초라는 기록을 듣고 아무런 감흥 없이 트랙에 몸을 던졌다.

"여보……."

이유리가 스톱워치를 들고 최영태를 바라봤다. 목소리가 잘게 떨렸다.

"기록이… 너무 빠르지 않아?"

이유리의 당혹스러움이 느껴졌지만 최영태는 무덤덤했다.

"쟤들 중학생 나이에 이미 고등부 기록은 깼잖아. 뭘 놀라."

"…고등부 운운할 게 아니야. 한국 신기록 아냐?"

"한국 신기록이 대단한 거야?"

"……."

최영태의 반문에 이유리는 곰곰이 생각했다.

그러나 생각이 바뀌진 않았다.

"아무리 생각해도 대단한데?"

이유리의 반응에 최영태가 머리를 긁적이며 입을 열었다. '이젠 마누라한테도 친절하게 설명해야 되는구나'라는 비애가 느껴졌다.

"세계 육상에서 한국이 차지하는 비중을 생각한다면 한국 신기록 자체는 수준이 낮은 거 아닌가? 세계 신기록과 근접한 거 아니면 놀랄 것도 없지."

"그래도……."

이유리가 납득이 안 된다는 듯 말끝을 흐렸지만 최영태는 단호했다.

"차라리 동양인이 ATP500에서 우승하는 게 더 놀랄 일이지.

한국은커녕 전 아시아가 이루지 못한 업적이니까. 그리고 우리가 기계도 아니고… 생각보다 빠르게 스톱워치 눌렀을 가능성도 있잖아. 일일이 놀라지 마. 몇 년을 키웠는데 놀라. 쟤들에 비하면 당신이나 나나 그냥 범인(凡人)이야, 범인(凡人). 우리의 기준으로 생각하지 말자고."

"……"

어느새 세 세트 모두 뛰고 온 영석과 진희가 멀뚱멀뚱 최영태와 이유리를 바라봤다.

헛기침을 한 최영태가 지시했다.

"마무리 스트레칭 하고 쉬어. 생각도 정리하고."

코치들의 염려와 발 맞춰 부모님들의 걱정도 이만저만이 아니었다.

이를테면 대입 수능을 앞둔 부모와 같은 심정일 것이다. 하지만 쫓아가서 품에 안고 토닥이진 않았다. 끊임없이 최영태와 이유리가 강조한 것, '테니스는 혼자 하는 스포츠다'라는 충고를 들었기 때문이다.

＊　　　＊　　　＊

그렇게 영석과 진희가 어른들의 염려와 기대를 등에 업은 상태로 시간은 순식간에 흘러 시합 전날이 찾아오고 말았다.

"이게 그만 들어가서 자자."

품에 안긴 진희의 어깨를 잡고 밀어내는 영석의 얼굴이 상기됐다.

달빛이 진희에게 스포트라이트를 쏘는 것도 아닌데, 진희 혼자 밝게 빛나는 것처럼 보인다.

"쿡⋯⋯."

진희가 낮게 웃으며 영석의 팔을 무시하고 다시 안겼다.

'왜 이런대⋯⋯.'

영석은 난처해서 가만히 진희의 등을 토닥이는 수밖에 없었다. 진희는 그 손길을 가만히 받아들이며 영석의 귓가에 속삭였다.

"이제 긴장이 좀 풀려?"

"⋯그래."

영석이 나지막이 대답했다. 빠르게 뛰던 심장이 조금씩 속도를 늦춘다.

온몸으로 느껴지던 영석의 심장박동이 느려지자 진희가 그제야 영석의 품에서 빠져나온다.

"우린 혼자가 아니잖아. 부담감도 나누자고."

진희가 예쁘게 웃으며 영석의 얼굴을 쓰다듬더니 다시 꽉 안고는 아무 말 없이 몸을 돌려 여자 기숙사를 향해 걸어갔다.

'진희 쟨 날이 갈수록 대담해진단 말이지⋯⋯.'

피식 웃은 영석이 고개를 들어 밤하늘을 바라봤다.

진희가 사라지자 밤의 색이 달라졌다. 채도(彩度)가 낮아진 것이다.

"가자."

*　　　*　　　*

ITF 퓨처스 토너먼트(Futures tournaments).

프로 대회의 가장 밑 단계에 위치한 토너먼트로, 주로 랭킹 자체가 주어지지 않은 선수들이 ATP 랭킹 포인트를 얻기 위해 참가한다. 단식과 복식이 일주일에 걸쳐 진행되는 이 작은 대회는 전 세계적으로 해마다 1,000개 가까이 열린다.

"밥은?"

참가 선수와 관계자 모두를 실은 아카데미의 대형 버스 안에서 부모님들이 영석과 진희의 컨디션을 살폈다. 전전긍긍하며 자신들을 살펴보는 어른들과 다르게 정작 영석과 진희는 굉장히 편안한 얼굴이었다.

"당연히 먹었죠."

오히려 밝게 웃으며 부모님과 코치들을 안심시키는 영석과 진희였다.

떠들썩한 분위기가 채 식기도 전에, 버스는 목적지인 브레이든턴(Bradenton : 미국 플로리다 주(州) 남서부에 있는 도시)에 도착했다. 30분 정도의 짧은 이동이었다.

버스에서 내려 어른들과 마주한 영석과 진희는 의지를 굳건하게 다진 모습이었다.

최영태가 그런 영석과 진희에게 말했다.

"너희의 정신적인 상태는 몰라도 몸 상태는 최상일 거야. 그 때 Active rest가 뭔지 말했지?"

"네."

"저기… 코치님."

늘 최영태가 말하면 가만히 듣기만 했던 진희가 입을 열었다.

"응?"

"여기서 한 번 이기면 몇 위쯤 될까요?"

그리고 당돌하게 질문했다.

최영태와 이유리가 짧게 고민했다.

"글쎄… 한 1,500~2,000위는 되지 않을까? 우승하면 800~ 1,000위는 될 거다."

영석은 당연히 알고 있었기에 놀라지 않았지만, 최영태의 말을 들은 진희는 눈을 반짝였다.

단 한 번 이기는 것만으로 명확하게 숫자가 도출되니 기뻤던 것이다.

"그 한 번이 굉장히 어려울 거야. 다들 프로니까. 그리고 미국에서 열리는 퓨처스는 아시아의 퓨처스랑은 차원이 달라. 아니, 아시아뿐 아니라 전 세계에서 가장 수준이 높아. 테니스 인구 자체가 수백 배는 차이 나니까, 당연히 참가하는 선수들의 수준도 높지. 게다가 너희는 한국의 전국 규모 대회조차 참가 안 해

봤으니 더 고달플 거다. 하지만!"

"……."

"너희의 자질은 세계를 노릴 수 있어. 이건 확실해."

"…네!!"

영석과 진희가 밝게 대답하자 머쓱해진 최영태는 짧은 말로 대화를 끝마쳤다.

"잘해라."

그 뒤를 이어 부모님들의 격려가 이어졌다.

"아들, 이 엄마는 믿어."

막상 시합을 하는 영석보다 더 긴장에 휩싸인 모친을 보고 영석이 능청을 떨었다.

"세자라고 안 해줘요?"

"세자가 그 기량을 세상천지에 널리 알려 이 어미를 기쁘게 할 것을 믿소."

어머니는 그렇게 장단을 맞추며 영석을 안았다. 아버지는 그런 둘이 사랑스럽다는 듯 웃으며 바라보다가 영석의 머리를 쓰다듬어 줬다. 아직은 영석보다 키가 큰 부친이었기에 그림이 자연스러웠다.

"잘할 수 있을 거다."

"지켜봐 주세요. 잘할 거예요."

영석이 씨익 웃으며 대답했다.

한편 진희도 부모님의 응원을 받았다. 눈물까지 글썽이는 진희의 모친을 진희가 포근히 안아주고 있었다.

잔뜩 기운을 받은 영석과 진희는 양어깨에 테니스 백(Bag)을 메고 당차게 말했다.

"다녀오겠습니다!"

*　　　　*　　　　*

"연습은 10번 코트에서 진행하시면 됩니다."

중년 부인이 접수대에서 영석과 진희를 맞이했다.

영석과 진희는 알았다고 대답하고 10번 코트를 찾아갔다.

"뭐랄까… 분위기가 상당히 느슨하구나."

진희가 옆에서 중얼거렸다.

진희의 말대로 코트 주변은 한산하고 느긋했다.

노점상들이 자리를 펴고 먹을 것들을 팔고, 가족 단위로 놀러 온 주민들은 만면에 웃음을 띠며 한껏 피크닉 기분을 냈다. 여기저기서 돗자리를 펴고 와자지껄 떠들기도 했다.

"지역 주민들에게는 일종의 행사나 축제로 느껴지는가 봐."

영석의 대답을 끝으로 둘은 10번 코트에 도착하게 됐다.

코트를 경계로 브레이든턴 도시 자체가 2분할된 것처럼 갑자기 공기가 무거워졌다.

그러나 개의치 않고 둘은 간단한 스트레칭을 하고, 코트에 들어가 미니 게임부터 시작했다.

미니 게임이란 코트의 절반만 사용하여 가볍게 움직이며 몸을 푸는 것에 의의를 둔 것이다.

그렇게 5분 정도를 몸을 풀고 각자 베이스라인으로 물러나 포핸드, 백핸드 랠리를 가볍게 주고받으며 몸 상태를 끌어 올렸다. 최영태 코치의 말대로 기진맥진했던 몸에 서서히 활기가 찾아오고 타이밍도 빨라지기 시작했다.

펑!!

펑!!

점점 페이스가 빨라진 랠리는 이윽고 시합처럼 격렬해졌다.

그러나 영석과 진희는 전혀 힘든 기색 없이 5분이 넘어가도록 랠리를 이어갔다.

시합이 아니기에 코스에 중점을 두지 않았고, 그렇기 때문에 급박하게 뛰어다닐 필요는 없었다.

주변에서 비슷한 방식으로 몸을 풀던 참가 선수들이 10번 코트를 흘깃흘깃 쳐다봤다.

보통 남자는 남자끼리, 여자는 여자끼리 하는 경우가 많은 와중에 혼성 연습이라는 것 자체가 눈에 띄었기 때문이다.

"휙!"

어디선가 휘파람 소리가 들렸다.

아무리 연습이지만 끊이지 않는 랠리에 누군가 감탄한 것이다.

랠리는 영석이 공을 띄우며 변화했다.

펑!!

영석이 로브를 띄우자 진희가 캐치볼을 하듯 가볍게 스매시를 꽂았고, 그 스매시를 다시 영석이 띄워주는 걸 반복했다. 그렇게 10번 정도 스매시를 꽂은 진희가 이번엔 영석에게 로브를 띄워줬다. 영석도 스매시를 하며 어깨를 풀었다.

"후… 이제 곧 시합이니 그만하자."

영석이 공을 잡고는 네트에 다가오며 진희에게 말을 걸었다. 진희가 고개를 끄덕이더니 네트를 빙 둘러 영석의 코트로 왔다. 그리고 둘은 벤치에 가서 가방을 정리하며 선수들을 유심히 지켜봤다.

"역시나… 다들 잘한다. 그치?"

"너보다 잘하는 여잔 없는 거 같은데?"

진희의 사기를 높여주려는 것일까, 영석이 씨익 웃으며 말했다. 진희의 머리를 쓰다듬어 주는 건 빠뜨리지 않았다.

"말은 잘해……."

진희가 고양이처럼 영석의 손길을 만끽하며 답했다.

—시합을 시작하겠습니다. 선수들은 각자 배정된 코트로 가주시길 바랍니다.

그때 스피커에서 시합 개시를 알렸고, 영석과 진희는 눈을 마주친 뒤 서로를 격려했다.

"잘하자."

"응."

＊　　　＊　　　＊

"브레이든턴 오픈 제1회전, 3세트 매치. 영석 리와 제이슨 메이어의 시합이 시작됩니다."

스피커에서 영석의 이름이 거론되자 영석은 하늘을 잠깐 보고 나서 덤덤하게 일어났다. 부담이 느껴지지 않는 가벼운 몸놀림이었다.

"영석이 파이팅!!!"

계단식 좌석 같은 좋은 시설이 아니었기에 관중들은 코트를 빙 둘러서서 선수를 응원했다. 영석은 어머니의 목소리가 들린 방향으로 고개를 돌렸다. 시합 전이라 집중력이 높아진 건지 애써 영석에게 웃음을 보이는 부모님의 얼굴 근육과 식은땀이 선명하게 눈에 들어온다. 하지만 영석은 그 부담감을 날려주려는 듯 상쾌하게 미소 짓고는 코트에 들어섰다.

'시합은 늘 떨리지만… 오늘은 이상하게 안 떨리는군.'

오금이 조금 저릿저릿하고, 아주 약간의 요의(尿意)가 느껴졌다. 그리고 허벅지의 감각이 둔탁하게 느껴지자 영석은 라켓으로 허벅지를 툭툭 두드렸다. 이 정도의 긴장은 긍정적인 신호다.

최영태에게 혼났지만, 다년간의 경험을 통해 영석은 이미 긴장을 다스리는 법을 알고 있다.

'그때는 긴장이 아니라 걱정이었지만······.'

고개를 휘휘 저으며 영석은 상대방을 바라봤다.

서양인이라 나이를 짐작하기 어려웠지만, 퓨처스에 참가한 만큼 노련하거나 경력이 대단한 선수는 아닐 것이다.

'제이슨 메이어? 들어본 적 없다.'

영석은 전생에서 테니스 선수였던 만큼, 최소한 50위까지의 선수 목록쯤은 외우고 있었다. 그곳에 이 선수의 이름은 없었다.

'하긴, 로저 페더러나 라파엘 나달, 노박 죠코비치, 앤디 머레이를 제외하면 기억나는 선수는 몇 없었지. 기억해도 소용없고.'

그때 코트로 공이 네 개 들어왔다. 시합구다.

영석은 자연스럽게 서브 연습을 듀스 코트에서 두 번, 애드 코트에서 두 번 했다.

상대방 또한 자연스럽게 라켓을 휘둘러 리턴을 했다. 시합 전 가볍게 긴장을 푸는 행위로 진희와 했던 연습의 연장선이다.

영석의 서브 연습이 끝나자, 영석은 공 네 개를 가볍게 넘겨줬다. 상대방도 서브를 해야 하기 때문이다.

'오······!'

상대방이 라켓으로 공을 받는 동작을 보고 영석이 나직이 감탄했다.

어렸을 때부터 해왔다는 게 티가 난다. 라켓을 다루는 사소한 동작으로도 알 수 있다. 가령 방금처럼 라켓으로 공을 받을 때, 라켓 위로 올라간 공이 조금의 움직임 없이 얌전히 놓이는 모습은 볼 터치 감각이 좋다는 증거다. 라켓을 손바닥처럼 다룬다는 얘기다.

이런 걸 소위 라켓과 공과의 친화력이 높다고 한다. 이건, 최소한 열 살이 되기 전에 테니스를 시작해야 몸에 익힐 수 있는 감각이다. 이게 있으면 코스나 구종을 아슬아슬한 순간까지 기다렸다가 바꿀 수 있다.

'너도 폼으로 나온 게 아니라 이거지……'

상대방의 서브도 끝나자 영석과 상대 선수, 그리고 심판이 네트에 모였다.

가까이서 보니 제이슨 메이어는 스무 살 전후로 제법 어려 보였다.

"Head or Tail?"

심판이 영석의 상념을 자르며 물었다.

영석이 냉큼 대답했다.

"Head."

심판이 상대 선수를 바라봤다. 동의 여부를 무언으로 묻는 것이다.

상대 선수가 고개를 끄덕이자 심판이 동전을 던졌다. 땅바닥에 떨어진 동전은 앞면이었다.

영석의 서브권을 뜻했다.

심판은 선수들과 악수를 하고 심판석에 올라갔다. 영석과 상대 선수도 악수를 나누었다.

"잘해보자."

"그래."

무미건조한 인사를 나누고 베이스라인으로 물러난 영석에게 시합 관계자가 시합구를 던져줬다. 아까 줬었던 공으로, 총 네 개다. 능숙하게 하나씩 땅에 튕겨본 영석이 공 두 개를 골라내고 두 개는 코트 뒤쪽으로 던졌다. 골라낸 두 개 중 하나는 주머니에 넣는다. 그리고 심판과 눈을 마주쳤다. 심판은 고개를 끄덕이고 입을 열었다.

"영석 리, 서비스 플레이."

*   *   *

'이 순간이다.'

오케스트라의 지휘자가 곡의 시작을 알리기 위해 지휘봉을 한껏 쳐들었을 때의 그 고요함과 적막함이 이럴까, 서브를 하기 위해 듀스 코트에 서서 공을 바닥에 튕기는 영석은 등골을 찌르르 울리는 소름과 쾌감에 만족스러운 웃음을 지었다.

조금은 느슨했던 관중들도 이때만큼은 모두 집중해 준다. 게임의 시작을 위해 선수가 서브를 준비하는 이 순간 말이다.

툭툭

단순한 소리가 긴장감의 파장을 한없이 널리 퍼뜨린다.

휙.

영석이 공을 높게 토스(서브를 하기 위해 손으로 잡은 공을 공중으로 던지는 동작)했다.

이제 눈을 감고 토스를 해도 항상 같은 위치에 공을 놓을 수 있다.

플랫, 슬라이스, 톱스핀… 서브마다 토스의 위치는 각각 다르지만, 한 치의 오차도 없이 늘 같게 할 수 있다. 피나는 연습의 결과다.

"후읍!!"

토스한 공이 최적의 위치에 도달하자 영석의 입을 비집고 거친 숨소리가 신음처럼 들린다.

뒷발(왼발)의 아킬레스건에서부터 끌어온 에너지가 종아리와 허벅지를 지나 골반과 허리에 머무르자 영석은 몸을 비틀며 높게 치켜든 라켓의 헤드를 등 뒤로 떨군다. 그리고 찰나의 순간, 꼬인 몸을 풀며 채찍처럼 팔을 휘두른다.

휘리리릭.

라켓의 거트 사이로 공기가 통과하며 기괴한 소리가 들린다. 영석의 서브 동작이 모두의 눈에 천천히 아로새겨진다. 꼬인 몸을 풀어내는 타이밍과 라켓을 휘두르는 타이밍, 공이 라켓에 짓눌린다. 임팩트 순간, 어깨에서 시작된 내회전이 팔꿈치, 손목으로 점점 거대해진다.

쾅!!

엄청난 타구음과 동시에 공중에 둥실 떠 있던 영석의 몸이 비호처럼 빠르게 네트를 향한다.

공을 확인할 필요는 없다.

'리턴당해.'

상대 선수 또한 폼으로 테니스를 해온 건 아닐 거다.

영석의 서브는 딱 평균 정도다. 이 정도는 어떻게든 리턴한다.

펑!

아니나 다를까, 영석의 예감과 한 치의 틀림 없이 리턴이 날아왔다. 그러나 이런 밋밋한 리턴은 이미 네트 앞까지 도달해 있던 영석에겐 손쉬운 먹잇감이다.

툭.

깔끔한 발리로 오픈 스페이스를 찌르자, 제이슨 메이어는 반응하지 못했다.

"피프틴 러브(15 : 0)!"

심판의 건조한 목소리가 코트를 울리자 관중석에서 '나이스!!'라는 감탄이 들려온다. 평생을 들어온 목소리, 부모님의 목소리다.

'시작이 좋군.'

＊　　　　＊　　　　＊

"괜찮은데?"

관중석에서 이현우와 한민지가 얘기를 나눈다. 영석이 포인트를 딴 과정을 잘 이해한 것이다.

그런 둘의 옆에는 커플 선글라스를 쓴 부자(父子)가 얘기를 나누고 있었다.

"아빠, 피프틴? 러브?가 뭐야?"

대여섯쯤 돼 보이는 아이가 천진하게 묻는다.

테니스를 알아가는 첫 과정에서 반드시 부딪히게 되는 난관, 바로 스코어에 대한 질문이다.

자신이 직접 시합을 하면서 점수를 매겨보는 것이 가장 빠른 습득 방법이지만, 아이의 아버지는 친절하게 답했다.

"1점을 피프틴(fifteen, 15), 2점을 써티(thirty, 30), 3점을 포티(forty, 40)라고 해, 4점을 먼저 얻어내는 쪽이 이긴단다."

"15… 30……. 응? 왜 45가 아니고 40이야?"

"발음하기 힘들어서 그래. 45 : 30 발음해 보렴."

"포티파이브 서티!"

아이는 하나도 어렵지 않다는 듯 말했다.

"자, 40 : 30을 발음해 봐."

"포티 서티."

"더 쉽지?"

"…그런 거 같기도 하고……."

아이는 완전하게 이해하진 못했지만, 부친이 그렇게 말하니 일단 고개를 끄덕였다.

"러브는? 왜 제로가 아니야?"

가만히 듣고 있던 이현우와 한민지는 움찔했다.

자신들도 의례적으로 써왔을 뿐, 정확히는 몰랐기 때문이다.

"0 모양이 달걀 같지 않아?"

"음… 응."

"저어기 프랑스에서는 달걀을 뢰프(l'oeuf)라고 해. 그게 영어로 바뀌면서 '러브'가 된 거야."

듣고 있는 한민지와 이현우는 남자의 박식함에 놀랐지만, 아이는 아니었다.

"어려워. 재미없어."

어른 셋은 아이의 반응에 쓰게 웃었다.

*   *   *

"포티 서티(40 : 30), 세트 포인트."

영석은 애드 코트로 걸어가며 스코어를 상기했다.

'5 : 3이었지? 세 게임이나 뺏겼구나.'

제이슨 메이어는 영석의 예상대로 썩 훌륭한 선수는 아니었다.

오른손잡이의 평범한 미국 테니스, 아카데미에서 항상 경기했던 선수들의 수준이었다.

'1세트는 에이스가 하나도 없었군.'

왼손잡이로서 가지는 장점을 위해 조금은 희생할 수밖에 없었던 서브와 포핸드는 영석의 피나는 노력 끝에 수준이 높아졌지만, 딱 또래 선수의 평균 정도였다. 비슷한 시간 동안 테니스를 해왔다면 누구나 반응할 수 있는 수준이다.

'그렇지만… 이건 오늘 한 번도 실패한 적이 없지.'

펑!!

구속이 굉장하지 않은 만큼 안정도는 극히 높은 영석의 플랫 서브가 기계처럼 꽂혔다.

그리고 영석은 이때까지 해왔던 것처럼 순식간에 네트 앞까지 달렸다.

그런 영석의 눈에 제이슨 메이어의 분노한 얼굴이 들어왔다. 같은 전법에 계속해서 당하는 것만큼 비참한 것이 없기 때문이다.

쾅!!

이를 악문 제이슨 메이어의 강렬한 포핸드 리턴이 작렬했다.

'쳇.'

달려오는 영석의 몸을 향해 빠르게 공이 짓쳐들어오자 영석은 나직하게 짜증을 뱉어냈다.

툭.

진희처럼 이해 불가능한 터치 능력이 있다면 모를까, 영석의 터치 감각으론 한 구에 못 끝낸다. 영석의 발리는 본인이 예상한 것처럼 어설프게 제이슨 메이어를 향해 날아갔고, 제이슨 메이어는 이때까지의 수모를 갚으려는 듯 몸을 잔뜩 웅크렸다.

'얼마나 세게 후드려 까려고……'

영석은 눈에 집중했다.

아무리 빨라도 자신의 눈엔 잡힐 거라는 믿음이 있었기 때문에 긴장은 되지 않았다.

하지만,

'로브(Lob : 테니스 경기에서 상대방 코트의 베이스라인을 겨냥해 공을 높고 느리게 받아넘기는 타법)냐……!'

로브에는 상대방의 공격을 피하면서 시간을 벌기 위해 깊고 높게 치는 방어적인 로브와, 네트 앞에 있는 상대방의 허를 찔러 포인트를 따거나 상대방을 교란시키는 공격적인 로브가 있다.

영석의 경우 서브&발리 전략을 통해 경기를 풀어가다가 발리가 제대로 들어가지 않았었고, 잔뜩 웅크린 제이슨 메이어의 동작을 보고 강렬한 스트로크를 예상했던 만큼 허를 찔렸다고 할 수 있었다. 제이슨 메이어는 혹시나 영석이 공을 받아낼지도 모른다는 계산을 하고 로브를 띄우자마자 네트 앞으로 질주했다.

'딱 봐도 베이스라인에 걸치는구나. 한 번도 안 쓰다가 이제 와서 쓰다니… 다른 건 몰라도……'

당황했던 것도 잠시, 영석은 몸을 돌려 공을 쫓아가기 시작했다.

'내 다리는 최고의 다리란 말이지.'

영석이 뛰자 관중석에서 탄성이 쏟아져 나온다.

영석은 숨을 멈추고 엄청난 속도로 몸을 앞으로 쏟아냈다. 이 윽고 한 번 바운드된 공을 눈앞에 두게 된 영석은 공을 다리에 가두고 코트를 등진 상태에서 가랑이 사이로 라켓을 휘둘렀다.

펑!

가벼운 타구음과 함께 영석의 가랑이 사이로 쏘아진 공은 제이슨 메이어를 두 번 죽였다.

바로 로브였던 것이다. 네트 앞까지 애써 나왔던 제이슨 메이어는 멍하니 자신의 뒤에서 구르고 있는 공을 허망하게 쳐다볼 뿐이었다.

"휘이이익!!"

"Come on!!!"

관중석에서 쏟아지는 휘파람과 박수 소리, 그리고 부모님이 외치는 'Come on(덤벼라!)'소리에 영석은 씨익 웃었다.

*　　　　*　　　　*

겨우 1회전이었지만, 영석은 프로로서 데뷔를 치르게 됐다.

사람은 미흡하고 간사한 생물이기 때문에, 같은 시간을 보내도 마음먹기에 따라 정신과 육체가 다른 속도로 성장한다. 지금의 영석처럼.

'와이드로 톱스핀을 넣자.'

1세트의 세트 포인트를 아주 멋지게 따냈지만, 제이슨 메이어

또한 거대한 도전을 앞둔 선수임은 틀림없었다. 결코 기백에 눌리는 일 없이, 자신의 기량을 온전히 발휘하는 것에 집중했다. 하지만 그건 영석의 성장에 엄청난 자양분이 됐다.

펑!

와이드로 톱스핀 서브를 넣겠다는 영석의 다짐과 한 치의 다름 없이 서브가 작렬했다.

하지만 고만고만한 정도. 가장 빠른 플랫 서브가 200㎞/h에 조금 못 미치는 영석의 서브는 서브 에이스(Service ace : 서브로 득점을 올리는 것)를 노릴 수 없었다.

'이제 서브&발리 전략도 막혔고……'

타순이 한 바퀴 돌면 투수의 공에 익숙해지듯, 다채로운 영석의 서브가 충분히 눈에 익은 제이슨 메이어는 영석의 서브&발리를 용납하지 않았다. 오히려 몇 개의 패싱샷(Passing shot : 테니스에서 네트 가까이 있는 상대방 옆으로 공을 쳐 보내는 타구)으로 리턴 에이스를 때려 관중들의 환호성을 받았다.

'조금 귀찮지만, 지구전으로 가야 하나……'

경기 내내 영석은 스스로가 약점으로 치부한 서브와는 달리, 다른 부분에서 수많은 장점을 갖고 있었다는 걸 스스로에게 확인시킬 수 있었다.

'예각으로 크로스'

마침 애드 코트로 제이슨 메이어의 타구가 날아왔다. 영석의 백핸드가 작렬할 차례다.

팡!

영석의 라켓을 떠난 공이 제이슨 메이어의 코트, 서비스 라인이 채 되지 않는 곳으로 꽂혔다.

강렬한 스트로크가 왔다 갔다 하다가 이런 식으로 각도를 크게 주고 짧은 코스를 노리면 상대방의 호흡이 흐트러진다. 제이슨 메이어가 허겁지겁 달려와 공을 넘겼지만, 이미 영석은 빤히 그 과정을 지켜보다 넘어온 공을 발리로 처리했다.

짝짝짝!

굉장히 수준 높은 랠리였다는 걸 알려주듯 관중석에서 박수가 쏟아졌다.

영석은 주먹을 불끈 쥐고 기뻐했다.

'시합에서 이게 되는구나!'

영석의 투 핸드 백핸드는 굉장히 우월했다.

한 가지 동작으로 최소 3, 4가지 구질의 공을 칠 수 있다는 건 상대방이 그만큼 경우의 수를 따져야 하기 때문에 반응이 늦을 수밖에 없었다. 그 미묘한 반응의 차이가 포인트를 따내느냐 마느냐의 분수령이 되는 걸 감안한다면 영석은 비교 우위의 무기를 하나 가진 것이 된다. 쉽게 말하자면 속도와 컨트롤이 동시에 조절되는 것이다.

'포핸드도 이 정도면 지금 단계에선 괜찮다.'

영석의 포핸드는 백핸드만큼 수준이 높지 않기 때문에 '속도 and 컨트롤'이 아닌 '속도 or 컨트롤'이다.

노림수를 명확히 갖고 휘둘러야 한다. 그 외에도 발리, 스매시 슬라이스 등을 '프로 수준'에서 점검해 본 영석은 어느새 매치포인트를 앞두고 있었다.

"피프티 포티(15 : 40), 매치포인트."

마침 제이슨 메이어가 듀스 코트에서 서브를 준비하고 있었다. 영석은 이번 포인트에서 자신이 조금씩 연습해 봤던 '기술'을 써보기로 결심했다.

쾅!

'쳇.'

궁지에 몰리고서도 제이슨 메이어는 오늘 최고의 플랫 서브를 날렸다.

멘탈이 훌륭하다는 증거.

영석은 혀를 차고 센터로 꽂힌 서브를 포핸드로 받아내는 수밖에 없었다.

'빠른 플랫 서브는 빠른 리턴으로.'

간결한 동작으로, 공을 친다기보다 '갖다 댄다'는 느낌으로 공을 밀어내자 꽝음을 울리며 공이 직선으로 뻗어나간다. 목표는 제이슨 메이어의 발밑. 오늘 최고의 서브를 꽂은 만큼 몸의 균형이 흐트러진 것을 영석은 놓치지 않았다.

펑!

제이슨 메이어는 영석의 공을 그 자리에서 포핸드로 처리했다. 크로스로 뻗은 공은 영석의 예상대로 스핀이 엉성했다.

'지금!'

영석의 발이 현란한 움직임을 보인다.

리드미컬하게 미끄러지며 공으로 다가가 왼발로 쿵 땅을 박차서 몸을 공중에 띄운다.

공중에 뜬 영석은 발 디딜 곳 없는 허공에서 허리를 회전시키는 와중에 몸의 균형을 맞추며 라켓을 뒤로 길게 뺐다. 그리고 공이 임팩트 존에 들어오자 투 핸드 백핸드로 공을 내리찍었다. 잭나이프(Jack knife)로 불리는 기술이다.

콰아앙!

스트레이트로 쭉 뻗은 공은 필사적인 제이슨 메이어의 의지와는 상관없이 투 바운드 되며 시합의 끝을 알렸다.

"게임 셋, 앤드 매치 원 바이 이영석 카운트 식스 투(6 : 2), 식스 제로(6 : 0)."

심판이 외치자 관중석도 박수로 두 선수의 노고를 위로했다.

빠른 걸음으로 네트에 간 영석이 터벅터벅 걸어오는 제이슨 메이어를 기다렸다.

심판도 심판석에서 내려와 두 선수가 모이길 기다렸다.

"수고하셨습니다."

영석이 제이슨 메이어와 심판에게 악수를 청하고는 박수를 쳐주는 관중에게 화답하며 코트를 나섰다. 영석이 나오길 기다렸던 부모님과 최영태 코치가 영석을 축하했다.

"잘했다."

"잘했어, 우리 아들."

땀으로 젖은 영석의 몸을 거침없이 안았다.

하지만 영석은 그 기쁨을 만끽하지 않고 입을 열었다.

"진희는? 진희는요?"

            *   *   *

시합 결과를 접수대에 알리고 난 영석은 부모님과 최영태를 닦달해서 진희의 시합이 진행되고 있는 코트로 달려왔다.

"하압!!"

코트는 밝고 고운 진희의 기합 소리로 가득했다.

평소엔 조용하고 나긋나긋한 편이지만, 경기에만 들어가면 굉장히 적극적이고 활발한 움직임을 보이는 진희다.

"스코어는요?"

진희의 부모님과 함께 경기를 지켜보던 이유리에게 영석이 물었다.

"1세트는 7 : 5로 진희가 땄고, 2세트는 2 : 2야."

'듀스까지 갔었구나.'

영석은 진희를 유심히 봤다.

온몸이 땀으로 범벅됐고, 다리가 미세하게 떨리고 있었다. 그리고 그 땀과 몸의 열이 아우라가 되어 진희의 주변을 떠돌았다.

'긴장되는구나.'

한눈에 알아봤다.

많은 부담감과 긴장감을 떠안고 경기에 임하고 있는 것이다.

한 구 한 구 공을 처리할 때마다 '정말 이렇게 쳐도 되는 걸까?'라고 끊임없이 자기 자신과의 대화를 하게 된다. 이제까지의 움직임에 현저하게 못 미치는 몸과, 사정없이 잔떨림을 보이는 호흡이 그것을 증명한다.

내 몸이 내 몸이 아니게 되는 괴리감, 마치 꿈에서 자신의 주먹질이 상대방에게 아무런 영향을 주지 못할 때의 절박함이 묻어 나온다.

'그래도 괜찮겠어.'

영석은 진희의 얼굴을 보고 안심했다.

눈이 반짝거리고 입꼬리가 한없이 치솟아 있다. 긴장을 즐기며 집중한다는 방증이다.

펑!!

펑!

'상대의 기량은 한 수 아래, 다양한 걸 시험해 보고 싶구나.'

힘과 빠르기의 영향이 남자 테니스보다 더 강한 여자 테니스에서 진희의 서브와 스트로크는 딱 평균이다. 누구와 붙어도 압도할 수도, 압도당하지도 않는 수준이다. 필연적으로 랠리가 길어지게 된다. 하지만 진희는 영석과 오랫동안 붙어 다닌 탓인지, 알게 모르게 영석과 사고방식이 비슷했다. 어쩌면 실력까지도.

"하압!"

펑!!

여자 경기에서 보기 드문 서브&발리 전략이 진희의 손끝에서 피어난다.

'좌우로 달리며 강한 스트로크를 치는 것'이 여자 테니스에서 최고의 미덕으로 꼽히는 것이 최근 경향이지만, 진희는 달랐다.

툭.

"발리 좋고~!"

이유리가 옆에서 중얼거린다. 영석도 고개를 끄덕이며 전적으로 동의한다.

단순히 오픈 스페이스를 찌르는 영석의 발리와는 차원이 다르다.

늦게 내는 가위바위보처럼 상대방과 관중들의 예상을 벗어나는 타이밍과 코스, 강약 조절이 섬세하게 발현된다. 좋은 눈과 빠른 발, 신에게 축복받은 게 분명한 터치 감각의 완벽한 조화다.

영석에게 발이 있다면, 진희에겐 터치 감각이 있다.

"휘이익!!"

관중들은 늘씬한 동양인 미소녀의 기술에 감탄했다.

영석도 멍하니 진희의 찬란한 모습을 바라봤다.

"예쁘다……."

"하하하하!!"

영석이 중얼거린 걸 들은 이유리가 배를 잡고 웃었다.

"누가 짝지 아니랄까 봐, 콩깍지 쓰고 헤벌쭉하는 게 똑같구나."

그 말에 영석이 얼굴이 조금 붉게 물들었다.

이유리가 웃음기를 머금고 진희에게 시선을 고정한 채, 계속해서 말을 이었다.

"영석이 너도 이겼다며?"

"네."

"이왕 1회전 이긴 거, 계속해서 이겨서 우승까지 해봐. 너희의 미래가 바뀔 거야."

왜인지 조금은 쓸쓸하게 느껴지는 이유리의 말에 영석은 바로 대꾸를 할 수 없었다.

"정말… 애기였던 너희들이 벌써 이렇게 커서 프로가 됐구나……."

"……."

이유리의 말을 들으며 영석은 코트에 눈을 뒀다.

이제 브레이든턴 오픈의 1회전이다. 감회에 젖을 이유도, 필요도 없다.

이유리도 그 뒤로는 말을 아끼고 진희의 시합에 집중했다.

강하진 않지만 진희의 회전이 미묘하게 다른 스트로크가 상대방의 타점을 조금씩 갉아먹는다.

한 번에 안 되는 건 당연하다. 조금은 여리여리하게 보이는 진희의 몸은 파워를 위한 몸이 아니다.

그렇게 몇 번의 랠리가 이어진다. 모든 구종이 한 동작에서 피어난다. 마치 여섯 가지의 변화구를 하나의 동작으로 소화해 내는 투수처럼 진희의 공도 한 구 한 구 모두 달랐다. 영석이 그렇듯 말이다.

그러다가 조금이라도 상대의 공이 얕게 떨어지면 송곳니를 드러내고 달려든다. 야성적이고 본능적이며 무섭도록 완벽한 사냥이다. 매치포인트를 앞두고 더 날카로워진 감각이 관중석에서도 느껴졌다.

펑!

폴짝 뛰어 모자란 힘을 한 점에 집중한 진희의 포핸드가 길게 뻗어 나간다.

상대 선수는 허겁지겁 달려가 공을 끌어와서 카운터를 날린다. 진희는 이미 만반의 준비를 하고 강력한 스트로크를 위한 자세를 취한다. '누가 봐도 곧 강렬한 스트로크가 이어질 것이라고 생각하는 그 순간.

'또……!!'

영석은 두 팔에 소름이 우수수 돋는 걸 느꼈다. 이 타이밍, 이 호흡은 예전에도 봤었다.

영석의 예감처럼 진희의 빛나는 재능이 다시 펼쳐진다.

분명히 중간까진 스윙이 똑같았지만 임팩트를 겨우 10㎝쯤 남기고 스윙의 궤적을 바꿔 공에 슬라이스 회전을 먹여서 미묘하게 드롭샷을 걸어버린다. 얼마나 회전을 완벽히 조절하는지 네트를 넘어 상대 선수의 코트에 떨어진 공은 바운드되지 않고 또르르 구르기만 했다.

"코치님……"

"…응."

"저게 가능한 거였어요?"

"상대방이 더 파워를 실을 수 있었다면 저렇게 회전을 조절할 순 없을 거야. 그래도… 엄청난 거지."

"……"

톱스핀의 경우 1초에 공이 몇 바퀴를 회전하는지 오랜 경험으로 몸에 익힌 영석은 그 회전을 자유자재로 조절해 내는 게 얼마나 대단한지 직감할 수 있었다. 공을 치는 사람이 조절하기도 힘든데, 그 공을 받아내는 사람이 회전을 죽이고 살리고 한다?

인간의 눈으로 그 회전을 파악할 순 없었을 터, 진희는 지금 '지레짐작'으로 손의 감각을 이용해 회전을 조율하는 것이다.

영석은 처음으로 진희가 무섭게 느껴졌다.

항상 앞서서 진희를 이끌었다고 생각했는데, 어느새 옆에서 뛰고 있는 진희를 발견하게 된 것이다.

코트에선 진희가 매치포인트를 따내고 승리를 만끽하며 폴짝폴짝 뛰고 있었다.

영석에게 보내는 해맑은 웃음이 눈이 부셨다. 얼마나 예뻤는지 영석은 시합에 들어갈 때처럼 심장이 뛰어서 가슴이 아플

지경이었다.

"인사해야지!"

영석이 소리를 높여 진희에게 알리자 그제야 진희는 네트로 달려가 상대 선수와 악수를 나누고 포옹을 했다.

*　　　*　　　*

1회전이 끝난 후, 아카데미와 브레이든턴을 왕복하며 영석과 진희는 계속해서 승리를 쌓아갔다. 재능을 개화시켜 나가는 것, 그 감각에 둘 다 정신이 팔려서 하루하루가 구름 위를 걷는 것처럼 즐겁기 그지없었다. 주변이 어떻게 바뀌어 나가는지 관심이 없을 정도로 말이다.

"안녕, 이영석 군. 나 기억해?"

영석과 진희가 부모님과 코치를 관중석에 두고 여느 때처럼 몸을 풀어 가는 도중, 중년의 남자가 갑자기 시야에 들어와 말을 걸었다.

"아……."

가족들과 코치들을 제외하면 한국어 자체를 처음 들었기에 영석과 진희는 걸음을 멈추고 남자를 바라봤다.

'어디선가 봤었는데……'

진희는 전혀 모르겠다는 기색이고, 영석은 어디선가 봤었지만, 기억이 나지 않았다.

혹시나 싶은 영석은 진희를 자신의 뒤로 끌어당겼다.

"누구… 세요?"

경계심 가득한 영석의 모습에 남자는 피식 웃고는 명함을 건넸다.

"〈테니스코리아 매거진〉의 기자 박정훈이야. 예전에 우승했을 때……."

"아!!!"

영석은 그제야 기억이 났다는 듯 경계심을 풀고 명함을 받았다.

명함에는 '기자'가 아닌 '편집장'이라고 적혀 있었다.

"승진하셨군요. 축하드립니다."

박정훈이 피식 웃었다.

"여전히 영석 군은 어른스럽구나. 뒤에 있는 아가씨는… 그때 그 꼬마 여자아이고?"

진희가 빼꼼 고개를 내밀고 박정훈을 봤다.

"하하! 둘은 그때나 지금이나 똑같구나."

박정훈이 웃으며 진희에게도 명함을 건넸다.

"그런데 여긴 어쩐 일로……."

영석이 묻자 박정훈은 머리를 긁적이며 말했다.

"음… 당연한 거지만 영석 군하고 진희 양을 취재하러 왔지."

"저희가 여기에 참가한 건 어떻게 아시고……?"

영석은 물어놓고도 아차 싶었다.

퓨처스라고 해도 엄연히 프로의 경쟁 무대다.

자동적으로 한국의 테니스 협회나 연맹에 선수로 등록이 되고, 통보가 될 것이다.

'나 이 대회 참가했어요~!!'라고 홍보 안 해도 다 안다는 뜻이다.

박정훈은 영석의 생각대로 이 과정을 자세히 풀어서 설명했다.

영석은 질문을 바꿔야겠다고 생각했다.

"그런데 고작 퓨처스잖아요. 이런 경기도 취재하러 오세요?"

영석의 질문에 박정훈이 순간적으로 멍때렸다. 굉장히 신기한 말을 들은 모양이다.

"…영석 군. 본인이 얼마나 대단한 일을 하고 있는지 모르고 있어?"

"네?"

박정훈이 한숨을 내뱉으며 말을 이었다.

"영석 군이 열여섯, 진희 양이 열일곱 맞지?"

"네."

"한국 테니스 역사상 가장 어린 나이에 퓨처스 우승을 앞두고 있는 거네."

'그렇군……'

영석은 박정훈의 말을 듣고서야 납득했다.

"협회의 노땅들도 이제 와서 급하게 보도 자료 돌리고 난리도 아냐. 학교 다닌 기록이 없으니 존재조차 몰랐다가 깜짝 놀라서 허둥대고 있어. 우승만 해봐. 당장 공항에서 기자들이 진을 치고 있을 거야. 아시아나 중동이 아니라 무려 미국이라고, 미국."

"아… 네."

핏대 세우며 일장연설을 늘어놓는 박정훈의 모습이 영석과 진희에겐 크게 와 닿지 않았다. 영석이야 원체 목표가 높았고, 진희 또한 영석에게 물들다 보니 얼마나 대단한 건지 모르고 있었기 때문이다.

"아, 내가 부담을 줬나?"

박정훈이 머쓱한지 말끝을 흐렸다.

하지만 영석은 박정훈의 눈빛을 놓치지 않았다.

'일부러 알려준 거야.'

그리고 박정훈은 영석의 예리한 눈초리를 캐치했다.

'역시… 보통 놈이 아니야.'

영석의 예상대로 박정훈은 일종의 시험을 한 것이다.

테니스 선수의 시작과 끝은 멘탈이다. 박정훈 같은 기자 나부랭이의 기대에 부담을 느낀다면 이 세계에서 살아남기 힘들다. 영석과 박정훈은 무언의 대화를 주고받았다.

영석의 뒤에서 영석의 널찍한 등을 보고 두근거려서 정신이 없는 진희를 제외하곤 모두 무거운 공기를 느꼈다.

"사진 하나만 찍어도 될까?"

"네."

박정훈은 영석과 진희를 나란히 세우고는 여러 구도에서 한 번씩 찍었다.

"연습하러 가는 거지?"

"네."

"그래. 꼭 우승 소감 인터뷰를 하게 되면 좋겠구나."

영석이 박정훈의 말에 씨익 웃었다. 진희도 마찬가지였다.

"기대하세요."

*　　　*　　　*

박정훈의 노림수는 조금은 효과를 봤다. 아니, 영석은 박정훈이 무슨 말을 했는지 까먹었다.

결승전이 시작되고 상대방과 같은 코트에 들어와서 얼굴을 확인하는 순간에도 정신이 없었다.

'저, 저 선수가 왜……?'

영석의 시선 끝엔 관중석에 서 있는 훤칠한 서양인이 머물고 있었다.

영석보다 10㎝ 정도 더 큰, 190㎝ 이상의 키와 가볍게 입은 셔츠 위로 무분별하게 자리 잡은 질긴 근육들, 화려한 금발에 타오르는 불길 같은 안광까지… 흡사 사자를 보는 것 같은 기분이 절로 든다.

'마라트 사핀(Marat Safin)······.'

영석의 멍한 시선을 눈치챘을까, 끼고 있던 선글라스를 벗어 셔츠 사이로 끼운 사핀은 인상을 찌푸리며 영석을 봤다.

'왜, 왜지? 왜 와 있지?'

영석은 심장이 두근거렸다.

로딕 때와 마찬가지로 전생에서 동경하던 선수를 직접 눈앞에 두고 보니 심장의 고동이 가라앉지 않는 것이다.

'사핀은 분명히 나보다 나이가 많았어. 몇 년생인지는 모르는데, 왜 미국··· 잠깐, 미국?!'

서브권을 결정하러 네트 앞까지 걸어가면서 영석은 계속 생각을 이어나갔다.

'지금은··· 2000년······. 그, 그래!! US 오픈!!'

벼락같은 놀라움이 영석의 뇌리를 스쳐지나갔다.

압도적인 황제, 피트 샘프라스(Pete Sampras)를 침몰시키고 사핀이라는 신예가 세상에 화려하게 등장한 메이저 대회가 바로 US 오픈이다. 테니스 선수를 제외하고라도, 어지간한 스포츠 마니아들은 모두 기억하는 그 해다.

'곧 US 오픈이구나.'

생각을 하다 보니 놀라움이 조금은 가라앉았다. 메이저고 뭐고 영석의 눈앞에는 퓨처스 우승 결정전이 있다. 집중해야 할 대상은 단 하나다.

'일단, 우승하자.'

영석은 마른침을 삼키며 상대방을 노려봤다.

귀화(鬼火)가 자리 잡은 눈은 상대방을 오싹하게 만들었다.

*   *   *

펑!

펑~!

코트 안은 두 선수의 호흡과 신음으로 가득했다.

벌써 3분째 이어지는 랠리, 집요하게 영석의 포핸드를 노리는 상대방의 노력과 집념이 랠리를 길게 이어가고 있었다. 영석이 공을 어디로 보내든, 상대는 무조건 영석의 포핸드로 밀어붙였다.

'쳇.'

영석의 포핸드는 결코 약점이라고 칭할 수준까진 아니었지만, 문제는 백핸드가 너무 강력하다는 것에 있었다. 그리고 상대방은 영석의 포핸드 정도는 견뎌낼 수준이었다.

'드롭 가야겠다.'

공을 쳐내며 영석의 뇌리에 진희의 모습이 스쳐 지나갔다. 그 '감각'을 이해할 순 없지만, 흉내 낼 수는 있다고 생각한 영석은 드롭을 준비했다. 하지만,

"크으윽!!"

드롭을 해야겠다는 생각은 상대도 한 모양이었는지, 공이 둥

실 떠서 영석의 코트로 돌아왔다.

'방심했어.'

보통 상대방의 동작에서 '위화감' 정도는 캐치해 낼 수 있어야 불시에 들어오는 드롭샷을 처리할 수 있었는데, 영석은 자신의 샷을 준비하느라 의식에 틈이 생긴 것이다.

영석의 반 박자 늦은 반응에 상대방은 씨익 웃으며 네트 앞으로 달려왔다.

'그래도, 내 다리라면……!'

후웅.

영석의 신형이 바람을 거칠게 가르며 전진했다.

'공에는 닿는다. 이걸 어떻게 처리한담… 로브? 아냐, 이 정도로 네트 앞에 떨어뜨린 공은 로브 해도 스매시의 사정거리에 닿는다.'

고민을 하는 와중에 공이 지척에 다가왔다.

무엇을 선택하든 이 공은 처리해야 한다.

쉬익, 팡!

상체를 숙이기보다 뒤로 약간 기울이고 아슬아슬하게 떨어진 공을 걷어낸 영석의 샷은 굉장히 높게 치솟은 로브였다.

'내 코트에서 공이 높게 떠서 넘어가면 바로 스매시하진 못할 거다.'

포물선 자체를 훨씬 높게 그린 영석의 로브샷에 상대방의 얼굴이 일순 굳었다. 눈에 순간적으로 많은 고민들이 스쳐 지나

간다.

'아웃이냐, 인이냐 고민되겠지.'

영석은 지체 없이 백스텝으로 다시 베이스라인, 센터마크까지 몸을 옮겼다.

상대방도 어느새 뒤로 물러나 영석의 공을 기다렸다. 영석의 로브는 네트를 넘어가자 누가 봐도 인이 될 거라 예상할 수 있는 포물선을 그렸다.

'스매시냐, 그라운드 스매시냐……'

그 공이 떨어지길 기다리는 건 상대뿐이 아닌 영석도 마찬가지다.

이윽고 공이 서서히 떨어지자 상대방은 서브할 때와 마찬가지로 라켓을 머리 위로 높게 들었다.

'준비가 늦었어! 그라운드 스매시다.'

영석의 예상대로 상대방은 공이 떨어지자 높게 든 팔을 유지하며 잔스텝으로 타점을 찾아갔다.

'그라운드 스매시의 경우… 거의 대부분의 오른손잡이 선수들은 무의식적으로 듀스 코트를 노리지. 그리고 듀스 코트는……'

펑!!!

강렬한 타구음과 함께 상대방의 그라운드 스매시가 작렬했다. 하지만, 완벽히 예상한 영석은 정확한 타이밍에 스플릿 스텝을 밟고 몸을 오른쪽으로 던졌다.

'…바로 내 백핸드라고……!'

평소처럼 유려하게 스텝을 밟을 수가 없다. 최대한 성큼성큼 걸음을 옮겼다. 잔스텝을 할 필요가 없을 정도의 타점을 큰 걸음으로 찾아내야 했다. 영석의 눈이 차가운 기운을 뿌린다. 유성이 떨어지듯 밝은 형광색 꼬리가 공의 궤적을 따르고 있었다. 천부적인 시력을 가진 영석의 눈에만 보이는 시계(視界)다.

쾅!!!

마실 나온 것처럼 크게 두 걸음을 옮긴 영석의 가볍고 콤팩트한 스윙이 작렬하자 어마어마한 타구음이 뿜어져 나왔다. 상대의 그라운드 스매시가 워낙 강력했기 때문에 영석은 힘들이지 않고 강한 샷을 쳐낼 수 있었다.

'코스는 조절 못 했어.'

영석은 여유로웠던 큰 걸음 후에 엄청난 속도로 다시 네트 앞까지 뛰어갔다.

펑!

'역시…….'

영석의 샷은 코스까지 날카롭진 않았다. 상대방도 받아낼 수 있었다.

하지만, 영석만큼의 기량은 아니었는지, 제대로 타점을 잡지 못한 힘없는 공이 영석의 눈앞에 먹음직스럽게 두둥실 다가왔다.

팡!

와아아아아아아!!

휘익~~!!!

길고 길었던 랠리를 가볍게 발리로 끝낸 영석의 끝맺음과 동시에 관중석에서 박수갈채가 쏟아졌다.

"영석아아아아아아아!!!"

"영석아!!!"

환호성과 박수 소리를 뚫고 부모님의 부름이 귀에 들어왔다.

그제야 영석은 표정을 풀고 천천히 양팔을 높게 들었다. 뭐라고 소리라도 치고 싶었지만 목구멍에서 나오지 않았다. 대신 공기 빠지는 소리가 나왔다. 다리가 떨린다기보다 저려왔고, 기쁨의 환호가 핏속에 머물며 영석의 온몸을 돌아다녔다.

'드디어……!'

마침내 영석의 눈에서 한 방울 눈물이 가볍게 굴러떨어졌다. 얼굴에 어떤 흔적도 남기지 못하고 땅으로 떨어진 눈물을 영석은 눈치채지 못했다.

'우승이다!!'

감격에 찬 영석은 자신이 눈물을 흘렸다는 사실도 인지하지 못했다.

과거로 돌아와 드디어 프로로 데뷔했고, 우승까지 거머쥐었다. 뭔가가 폭발하고 싶어 하는데, 영석은 그게 무엇인지 짐작할 수가 없었다.

'아차……!'

시야를 다시 땅으로 낮춘 영석에게 네트 앞에 자리 잡고 멀뚱히 서 있는 상대 선수가 보였다.

아쉬움일까, 부러움일까, 자책감일까… 아니, 인간은 과연 감정이라는 거대한 영역의 것을 몇 글자로 표현할 수 있을까? 영석 자신의 지금 감정은 무엇일까? 기쁨일까?

"수고하셨습니다."

네트 앞까지 달려간 영석이 상대방에게 악수를 청했다.

힘없이 피식 웃은 상대방이 영석의 손을 맞잡고 영석을 끌어안으며 답했다.

"많이 배웠습니다."

영석과의 포옹 후, 상대방은 심판과도 악수를 했다. 영석도 뒤이어 심판과 악수를 하고 고개를 돌려 관중석을 바라봤다. 부모님의 얼굴이 크게 확대돼서 시야에 잡힌다. 부친 이현우는 영석도 처음 보는 '해맑은 웃음'을 짓고 있었고, 모친 한민지는 울면서 웃느라 엉망인 얼굴을 당당히 드러내고 팔을 휘두르며 계속해서 영석을 불렀다.

"영석아!!"

그 모습을 보는 영석의 가슴속에서 둑이 터졌다.

이윽고 거대한 파도가 영석의 내부에서 휘몰아치며 벽을 두드렸다.

투둑, 툭.

방울져서 떨어졌던 눈물이 시냇물을 이루어 영석의 눈에 도달했고, 그 후엔 폭포처럼 쏟아져 내렸다. 댐의 방류가 이러할

까, 사람의 몸 어디에 이렇게 많은 눈물이 모여 있었는지 궁금
할 만큼 눈물은 계속해서 영석의 얼굴을 타고 내렸다.

시야가 하얗고 뿌옇게 변했지만, 부모님의 얼굴만큼은 계속
해서 선명하다. 피로로 무거워진 다리가 절로 움직이더니 곧 뜀
박질로 변했다.

Chapter 12
불어오는 변화

"자자, 조금 더 당당하고 자신 있게 웃어봐요!"

박정훈은 무기로 써도 될 만큼 거대한 카메라를 들고 연신 뛰어다니고 있었다. 기자 생활을 오래 했는지, 보기만 해도 질릴 무게의 카메라를 공깃돌 다루듯이 한다.

"진희 양, 좋습니다! 캬, 역시 미모가 되니 그림이네요, 그림! 아, 영석 군은 왜 이렇게 딱딱하실까. 그 잘생긴 얼굴 더 빛나게 해봐요, 좀."

부산을 떨며 팔짝팔짝 뛰어다니는 영석과 진희의 팔에는 둥근 금색 판이 들려 있었다.

〈브레이든턴 오픈 우승〉

깨알 같은 글씨 속, 유독 크게 들어오는 글자는 영석과 진희의 우승을 기념하는 상패(賞牌)다.

뺨의 눈물 자국이 말라붙어 있는 꾀죄죄한 모습 그대로, 영석과 진희는 어색하게나마 애써 웃으며 촬영에 응했다. 결코 박정훈의 말처럼 그림 같은 선남선녀는 아니었으나, 자긍심 가득한 표정에서 우러나오는 아름다움이 있었다.

'거참, 그 양반 엄청 구박하네……'

속으로 잠깐 중얼거린 영석은 그럼에도 뿌듯한 기분에 안 어울리는 웃음을 띠울 수밖에 없었다. 이런 기념 촬영 따위야 과거에 수백 번도 더 했었는데, 영석의 마음속에서 브레이든턴 오픈 우승을 '특별한' 경험으로 생각했는지, 자연스러운 기쁨이 생각처럼 표현되지 않았다.

"박 기자님, 내 아들 좀 그만 괴롭혀요~!"

진희의 부모님과 함께 지켜보던 한민지가 박정훈을 타박했다. 물론, 박정훈은 전혀 기죽지 않았다.

"영석 어머님, 지금 한국 테니스의 새로운 역사가 시작되는데, 제가 어찌 허투루 사진을 찍을 수가 있겠습니까. 이번 기사에 제 기자 인생 모두를 걸었습니다. 맡겨주세요."

"어머, 그렇다면 어쩔 수 없지."

그 후로도 약 5분간 수십 장의 사진을 찍어댄 박정훈의 높은 의지와 열정은 대기실에 있던 모두를 압도했다.

*　　　　*　　　　*

"테니스를 시작한 계기, 부모님 얘기, 학교를 그만두고 검정고시를 택한 이유까지… 모두 잘 들었습니다. 좋은 기사가 나올거란 확신이 드네요. 그럼 마지막으로 묻겠습니다. 올해의 목표, 앞으로의 목표를 말씀해 주세요."

가족의 인터뷰, 진희의 인터뷰까지 다 끝나고 대기실에 남은 영석과의 단독 인터뷰가 진행되고 있었다. 듣고 있는 이는 아무도 없었다.

"올해의 목표는… 많은 대회에 참가해서 좋은 모습을 보여 드리고 싶습니다. 아니, 좋은 모습이 아닌 우승하는 모습을 보여 드리고 싶습니다. 퓨처스, ATP250, 500, 1000까지… 그렇게 제 커리어를 쌓아 내년, 내후년에는 메이저 대회인 4대 오픈에 모두 참가하여 성과를 거두고 싶습니다. 그리하여 최종적으로는 '아시아 국적의 아시아인 중 최초로 메이저 오픈 우승'을 이룩하고 싶습니다."

영석의 포부에 박정훈 기자는 잠시 펜 놀림을 멈췄다. 가느다란 떨림이 온몸으로 퍼졌다.

'그래, 이거야! 이 포부! 이 배짱! 이 패기!!'

침체라는 단어는 부상(浮上)한 경험이 있어야 쓸 수 있는 것이다.

지금의 한국 테니스는 죽어 있다. 과거부터 지금까지 단 한 번도 불이 켜진 적 없었다. 밀레니엄 시대를 맞이한 2000년에도 그건 변함이 없었다. 축구, 야구, 배드민턴, 수영, 탁구, 유도, 태권도⋯ 그 어떤 종목도 '우수한 한국인'은 존재했었고, 세계를 호령했다. 하지만 테니스만큼은 없었다. 지금도 없다.

'그런 만큼⋯ 이영석, 김진희 이 둘은 소중하게 다룰 거다.'

잠시 멈추었던 펜에 다시 힘을 불어넣은 박정훈이 다짐했다.

협회, 실업팀 모두 자극이 될 거다. 모든 포커스를 이 둘에게 비추게끔 수를 써야 했다. 한국 테니스의 인프라 자체를 바꿀 수도 있다. 바로 얼마 전, 골프 여제(女帝) 박세리 선수가 그러했듯이 말이다. 그리고 그런 박정훈 기자의 다짐에 기름을 붓는 영석의 발언이 이어졌다.

"이건 오프(Off the record)로 들어주세요. 오만하게 들릴 수도 있으니까요. 저는 저 하나로 끝낼 생각이 없습니다."

그 말에 박정훈 기자가 빛살처럼 빠르게 고개를 치켜들었다. 두 눈엔 경악과 당혹이 가득했다. 그런 박정훈 기자를 슬쩍 보고 영석이 말을 이었다.

"저의 성공으로 한국 테니스 자체를 부흥시키고 싶습니다. 부흥을 이룩한 개척 1세대로서 저랑 진희는 앞으로도 좋은 성과를 내기 위해 모든 노력을 다할 겁니다. 박 기자님도⋯ 도와주실 수 있죠?"

영석의 눈길을 받은 박정훈은 소름이 돋았다. 서늘하고 심계가 복잡하게 얽힌 심유한 안광에 소름이 돋은 건 아니다. 그것보다 '도와주실 수 있죠?'라는 문장 안에 많은 것들이 포함되어 있음을 알았기 때문에 더 놀랐다.

'이제 16살인 놈이 어떻게 이런 생각을……!'

박정훈의 뇌리로 이현우와 한민지의 모습이 스쳐 지나갔다.

검사(檢事)이면서 굉장한 테니스 실력을 가진 아마추어 선수 부부.

영석의 첫 우승을 계기로 친분을 나누었었고, 시간 날 때 직접 찾아가서 같이 시합해 본 박정훈은 그 둘의 실력을 잘 알았다. 보통의 부모와 다른 사고방식까지 말이다.

'부모가 주입한 가치관인가? 아니야.'

박정훈은 고개를 저었다.

직접 부모를 설득한 것도 그렇고, 어릴 때도 남달랐다. 결정적으로 말하는 걸 보면 단박에 안다. 인형처럼 주입받은 말을 그대로 내뱉는지, 그 사람이 가지고 있는 본연의 것인지 말이다.

"영석 군은 큰 선수가 되겠군요."

희미한 웃음을 입꼬리에 매달고 불쑥 말을 흘린 박정훈은 뿌듯한 감동을 느꼈다. 나이에 맞지 않게 괜한 설렘이 명치끝을 간질였다. 자연히 펜을 놀리는 손놀림도 부드러워졌다.

*　　　*　　　*

"헤이."

대기실을 나와 가족들과 주차장으로 향하던 영석에게 한 무리의 남자들이 다가왔다.

"어, 어……."

영석은 말을 붙인 사람을 보고 다시 얼었다.

그였다. 미래에 세계 랭킹 1위를 달성하고 앞으로도 메이저 대회 2회는 더 우승할 선수, 마라트 사핀(Marat Safin)이다.

"영어 할 줄 알아?"

사핀의 뒤에는 5, 6명의 사람들이 자리 잡고 있었다.

얼어붙은 영석의 표정을 보고 사핀이 물었다.

과연 영석이 예전에 주워들은 대로 직접적이고, 격식이 없는 사람이다.

"가능합니다."

대답을 하면서 영석은 사핀의 아우라랄까, 기백에 눌리고 있는 스스로를 발견했다.

'훌륭한 선수임에는 틀림없다. 하지만 이 정도로 얼어붙을 정도인가?'

라는 반성을 하면서도 압도될 수밖에 없었다.

이유가 뭘까, 시선을 사핀에게 고정한 상태로 영석은 이유를 탐구하기 시작했다. 궁금한 것은 반드시 해결해야만 하는 특유의 아집이 발동된 것이다.

'피트 샘프라스를 이겨서? 아니, 로저 페더러를 이겨서? 그것도 아니야.'

황제와 같은 이 둘에게도 패배는 제법 자주 따라다닌다. 실제로 페더러는 나달과의 대결 통산 전적에서 크게 밀린다.

사핀은 분명 일류다. 하지만 초일류라고 할 수 있을까? 라는 의문엔 고개를 저을 수밖에 없다.

'빛나는 재능!'

사핀은 성격과 가치관을 포함한 멘탈 전반이 신체를 못 따라간 선수로 유명했다. 타고난 신체 기량 자체는 그 누구와 비교해도 우위에 설 수 있는 선수라는 평가가 주류를 이뤘던 선수다. 그 재능이 아까워서, 너무나 아쉬워서 더 빛나 보일 수 있었다.

생각을 정리하려는 영석에게 사핀이 말을 걸었다.

"우승 축하해. 다름이 아니고, 내가 곧 US 오픈에 출전하거든… 혹시 주말에 시간 되나?"

사핀은 덤덤하게 말을 내뱉었다.

"어쩐 일로……?"

말끝을 흐리는 영석을 보고 사핀은 인상을 찡그렸다.

'시합 때완 달리 기백이 없군.'

영석의 속내를 모르기 때문에 할 수 있는 생각이었다.

과거로 돌아가 미래의 인물을 직접 보는, 이 놀라운 경험을 그 누가 해봤을까.

"그냥 히팅 파트너로 하루만 어울려 주면 되는데… 부탁해도 될까? 아, 매니저 있어?"

"히팅 파트너……?"

영석의 긴장은 최고조로 솟아올랐다.

'히팅 파트너라니!'

"됩니다. 해요! 가능해요!"

눈을 반짝인 영석이 사핀의 손을 잡고 흔들며 강력하게 의지를 표명했다. 여러 복잡한 생각과 감정을 단칼에 잘라 버린 사핀의 말에 영석은 정신이 없었다.

영석의 그런 열렬한 반응에 사핀이 되레 놀랐다.

"이, 일단 이 손 놓고… 일정 논의하게 연락처 하나 남겨줘."

그 말에 영석이 허겁지겁 종이와 펜을 꺼내서 아카데미 사무실의 번호를 적었다.

'세계를 호령할 초일류의 실력을 겨어볼 수 있는 기회다.'

쪽지를 건네는 영석의 속이 울렁거렸다.

사핀은 말을 건넬 때와 마찬가지로 간결하게 인사를 남기고 홀쩍 떠나 버렸다.

*   *   *

아카데미는 영석과 진희의 업적에 놀라워했고, 즐거워했다.

단체로 파티라도 열어준다는 걸 영석이 가족과의 시간을 위해 거절했다. 그날은 영석의 부모님과 진희의 부모님 모두 지갑을 열어 호화로운 식사를 했다.

"축하한다."

제법 좋은 분위기의 레스토랑에서 최대 10인이 동시에 식사를 할 수 있는 테이블을 빌려 각종 호화로운 음식들로 가득 채웠다. 비록 영석과 진희는 과일 주스였지만 와인과 촛불, 나른하게 흐르는 음악들이 영석과 진희의 마음을 들뜨게 했다.

"영석아, 진희야."

이유리 코치가 모처럼 나서서 포문을 열었다.

"네?"

와인 잔을 들고 있는 모습이 코트 위에서의 모습과 너무나 달랐다. 고혹적이며 어딘가 모를 쓸쓸한 여백이 느껴지는 감성을 가졌다.

"내가 말했지? 이 대회에서 우승한다면 모든 것이 변할 거라고."

그 말에 영석이 고개를 끄덕였다.

무슨 말을 하려는지 알 것 같으면서도 알 수 없었다.

"더 자세한 얘기는 다음에 의논하자. 일단 오늘은 너희의 우승을 축하하고 싶으니까."

그렇게 말하며 이유리는 토트백에서 선물 포장된 두 개의 상자를 꺼내어 영석과 진희에게 내밀었다.

"선물이야."

눈을 초승달처럼 휘며 이유리가 애정 가득한 목소리로 말했다.

영석과 진희는 아무 말도 못 하고 멍하니 상자를 풀었다.

"와……."

동시에 터져 나온 탄성.

하얀 바탕에 검은 글씨로 단순하게 오메가(Omega)라 쓰여 있고, 유명한 심볼이 글씨의 위를 우아하게 수놓았다.

"열어봐도 돼요?"

이 브랜드의 가치를 잘 아는 영석은 긴장이 되는지 손을 떨었다. 진희는 모르는 모양인지 연신 상자가 예쁘다며 감탄할 뿐이었다. 예나 지금이나 똑같다.

"물론이지."

꿀꺽.

침을 삼키며 상자를 열자 은은한 광택이 눈을 부드럽게 어루만진다는 착각이 들 정도로 고아한 자태를 드러낸 메탈 시계가 보였다. 그리고 작은 쪽편지가 6장이나 모습을 드러냈다.

영석의 손은 시계가 아닌 편지로 향했다.

—첫 우승 축하한다. 네 말대로 우승컵으로 인테리어를 꾸며 보자.

—사랑하는 우리 아들, 우승 축하해.

—늘 진희를 돌봐줘서 고맙다, 우승 축하한다!

―늘 정진하는 모습이 멋진 영석이의 우승을 축하해!

―더 잘해야 한다.

―진희 잘 이끌어.

한 장에 한 문장씩 쓰여 있었다. 쓴 사람이 누군지는 내용만 봐도 금세 파악이 됐다. 감동에 젖은 영석을 물끄러미 보던 진희가 시계를 덥석 집어 영석의 팔에 차줬다.

그 모습에 어른들은 모두 폭소를 터뜨렸다.

"너희가 테니스로 진로를 정하고 난 후, 여섯 명이 바로 준비했던 선물이야. 첫 우승 때 주려고 잘 모셔두고 있었단다."

이유리가 진희의 행동에 아직도 여운이 가시지 않는 듯, 가볍게 웃음을 흘렸다.

"감사합니다. 앞으로 더 열심히 하겠다는 말보다 감사하고 사랑한다는 말을 하고 싶습니다."

영석이 나직하게 말하자 진희가 뭐라 궁시렁거렸다. 그 모습이 귀여웠는지, 이유리가 물었다.

"진희야, 뭐라고?"

진희가 영석을 흘기며 툭 말을 던졌다.

"영감탱이 같다고요. 느끼해!"

"하하하!!"

진희의 말에 어른들이 모두 웃음을 터뜨렸고, 영석도 난처한지 머리를 긁적였다.

살가운 감정이 오고 가며 대기가 행복으로 물들었다.

　　　　　*　　　　*　　　　*

다음 날, 부모님과 코치 모두를 배웅하고 아카데미로 온 영석과 진희의 앞에 놀라운 소식이 찾아왔다.

"계약?"

사무직원이 몇 개의 서류를 영석과 진희 앞에 내밀었다.

"응, 사실은 지금도 늦은 감이 있어. 보통은 주니어들도 계약을 할 수 있는 게 이 업계인데, 영석과 진희는 뒤늦게 대회에 얼굴을 비춰서 이제야 들어왔네. 그래도 퓨처스 우승 이력이 생긴 후라 그런지 조건들이 나쁘지 않아."

사무직원의 말에 영석은 생각에 빠졌고, 진희는 언제나 그랬듯 영석을 빤히 바라보고 있었다. 영석의 선택을 믿기 때문이다.

"샘, 우리는 미성년자이고, 우리의 선택에 책임을 질 수 있을 지식도, 능력도 없어."

영석의 진중한 말에 사무직원 샘이 답했다.

"물론이지, 그럼에도 우리가 너희들에게 이 계약 제의를 보여주는 이유는 이번 계약은 순전히 너희의 능력으로 끌어왔기 때문이야. 그 사실을 너희에게 주지시키고 싶었어. 물론 계약은 보호자와 상의해야겠지만, 앞으로 너희는 홀로 세계를 떠돌아다니며 모든 의사 결정을 스스로 해야 돼. 아무리 너희가 수십 명의 스태프를 거느리고 다녀도, 이 사실은 변하지 않아."

샘의 말에 영석과 진희는 고개를 끄덕였다. 구구절절 맞는 말이다. 그런 영석과 진희를 본 샘이 말을 이었다.

"우선, 테니스 선수는 대략적으로 세 가지의 계약을 따로 맺을 수 있어. 쉽게 설명하자면 신발, 옷, 라켓 다 따로 할 수 있다는 거야. 하지만 나이키나 아디다스의 경우, 신발과 옷을 묶어서 계약하는 경우가 많아. 보통은 거의 그렇게 진행하지."

샘은 천천히, 그리고 차분하게 설명을 해줬다.

"라켓을 제외하면 성능이랄까, 기능성 자체는 크게 차이 나지 않아. 라켓은 취향에 따라 갈리는 거고. 이렇게 되니, 많은 선수들이 옷과 신발은 나이키, 아디다스 중에 택하고 라켓은 각각 취향에 맞게 선택하지. 나이키와 아디다스는 조건도 비슷하기 때문에 그냥 예쁜 옷이랑 신발 고르면 돼. 중요한 건 라켓이야."

"라켓?"

진희가 물었다. 영석은 대충 짐작한다는 듯 고개를 끄덕였다. 샘이 진희에게 눈을 맞추고 설명했다.

"선수들도 천차만별이라 각자 손에 맞는 라켓이 제각각이지… 다양한 라켓으로 시타해 보며 자신에게 맞는 라켓을 찾아가는 과정의 재미도 커. 고지식한 일부 코치들은 실력이 높다면 라켓이 뭐가 됐든 잘한다고 주장하지만, 그것도 옛말이야. 라켓은 이제 과학이야. 선수들에게 라켓이란 손의 연장선이 될

뿐더러, 자신의 단점까지 보완할 수 있는 훌륭한 도구지."

샘은 펜을 들어 책상 위에 놓인 종이에 그림까지 그려가며 설명을 시작했다.

"라켓의 스펙은 간단히 다섯 가지로 나타낼 수 있어. 첫째, 헤드 사이즈(Head size)가 중요한 요소지. 단위는 스퀘어야."

"크면 치기 쉬워!"

진희가 밝게 웃으며 말했다.

샘이 씨익 웃으며 조금 더 세밀한 설명을 붙였다.

"현대 테니스 라켓은 90에서 120스퀘어까지 다양한 사이즈가 있어. 사이즈가 넓으면 공을 쉽게 칠 수 있지만, 힘이 집약되진 못해. 반대로 사이즈가 좁으면 공을 스위트스폿(Sweet spot : 클럽, 라켓, 배트 등에 공이 맞았을 때 가장 잘 날아가는 최적 지점을 뜻하는 스포츠 용어)에 맞히기 힘들어. 그래서 다른 스펙인 Balance가 중요하지."

영석이 샘의 말을 진희에게 조금씩 번역해 줬다. 대충 의미만 파악해도 되지만, 라켓에 대한 기본 지식은 선수라면 모두 갖춰야 하기 때문이다. 샘은 잠시 말을 멈추고 그런 영석과 진희를 빙그레 웃으며 바라봤다.

"밸런스는 느끼기 쉬워. 라켓의 헤드 부분에 무게중심이 쏠려 있는지, 그립(손잡이)에 쏠려 있는지의 차이니까 라켓을 집어드는 순간 느낄 수 있지. 보통 mm로 표시해. 가령 300mm라고 한다면 라켓의 손잡이 끝에서부터 300mm 부분에 무게중심이 잡혀 있어. 헤드가 무거우면 헤드 헤비, 라켓의 정가운데에 무게중심이 잡혀 있으면 이븐 밸런스라고 하고, 무게가 그립에 초점이 맞춰져 있으면 헤드 라이트라고 하지."

영석은 샘이 종이 위에 그리고 있는 라켓을 보며 참 잘 그린다는 쓸모없는 생각을 하면서도 진희에게 열심히 통역해 줬다.

"아까 헤드 사이즈에 대해 얘기했었지? 사이즈가 넓으면 강한 공을 때리기 힘들기 때문에, 보통 110스퀘어를 넘어가면 헤드 헤비 밸런스일 경우가 많아. 반대로, 헤드 사이즈가 좁으면 비교적 조작이 용이하게끔 헤드 라이트인 경우가 많고. 그럼 지금까지 헤드 사이즈, 밸런스를 얘기했지?"

"응."

"다음은 무게에 대해 얘기할 거야. Strung weight는 라켓에 줄을 감은 그 상태 그대로의 무게를 뜻해. Swing weight는 우리가 스윙을 할 때 체감적으로 느끼는 무게를 뜻하는 거고. 원리는 간단해. 헤드 사이즈가 크고, 헤드 헤비 밸런스인 라켓은 라켓 자체의 무게는 가벼워도 스윙 웨이트는 무거워. 왜 그럴까?"

영석의 통역을 들은 진희가 고개를 갸웃했다.

앉은 상태에서 팔을 휙휙 휘둘러보더니 급기야 일어나서 온갖 스윙을 하기 시작했다. 샘과 영석은 그런 진희를 보며 가만히 기다려 주었다.

"아!!"

발리 스윙을 짧게 휙휙 해본 진희가 깨달은 듯 탄성을 질렀다.

"손에서 먼 곳이 무거워서 그렇구나?"

"맞아. 스윙 무게가 무겁기 때문에 라켓의 무게는 되도록 가볍게 만들려고 많은 제조사들이 노력해. 반대로 그립이 무거운 헤드 라이트 라켓은 헤드 사이즈가 작고, 라켓 자체의 무게가 무겁지만 스윙 무게는 가볍게 느껴지지."

영석이 진희의 머리를 쓰다듬으며 잘했다고 칭찬해 줬다.

샘이 말을 이었다.

"자, 이제 네 가지 얘기했어. 라켓 헤드 사이즈, 밸런스, 무게, 스윙 무게까지. 이 모든 것들은 다 연결되어 있는 요소야. 하나의 요소로 나머지 요소까지 정해지는 셈이지. 마지막으로 하나의 스펙만 얘기하면 끝나는군."

샘은 목이 타는지 물을 한 모금 마셨다.

"마지막은 String pattern에 대해 얘기할게. 사실 위의 네 가지 스펙들과 비교하면 체감상 느끼기 어려운 요소야. 때문에 다른 스펙과 다르게 홀로 동떨어져 있어서 유기적인 요소라 볼 수 없기도 해. 스트링 패턴은 메인(세로줄), 크로스(가로줄)를 몇 줄씩 매느냐에 따라 유형이 나뉘어. 크게 두 가지가 있다고 보면 돼. 하나가 오픈 패턴이고 다른 하나가 덴스 패턴이야. 오픈 패턴은 줄 수가 적고, 덴스 패턴은 많아. 각각 몇 줄씩이냐고 나에게 물어본다면 그건 대답하기 힘들어. 워낙 다양해서 말이야. 아, 18×20의 경우는 확실히 덴스 패턴이야."

"어렵네."

영석도 이 부분은 뭐라 확고하게 설명해 주지 못한다. 그럼에도 샘은 최대한 쉽고 친절하게 가르쳐 주려 노력했다.

"줄 수가 적으면 줄 사이사이가 넓기 때문에 공이 잘 긁혀. 그래서 스핀이 잘 걸린다고들 하지. 반대로 줄 수가 많으면 스핀이 적어지지만 정확도에서 많은 어드밴티지가 생겨. 다만 선수의 스윙 폼이나 습관 등에 의해 결정되는 게 스핀이라는 요소라, 스트링 패턴은 선수 본인도 오랜 연구를 하며 자신에게 맞는 유형을 결정할 수 있어야 해."

"휴우… 길다, 길어."

진희가 이해했다는 듯 고개를 끄덕이며 푸념을 늘어놓았다.

"아 참."

"아직도 남았어?"

진희가 질색을 하며 영석과 샘을 번갈아 바라봤다.

"스트링을 보통 거트라고 하는데, 거트의 재질과 제작 과정도 중요해. 그 스트링을 라켓에 어느 강도로 매어둘 건지도 굉장히 중요하고. 일반인들은 상상하기 힘든 영역의 세밀함이 요구되니만큼, 이 부분은 차차 알아가도록 하자."

설명을 마친 샘은 자신의 책상으로 가더니 쭈그리고 앉아 뭔가를 주섬주섬 꺼냈다.

"우와! 예쁘다!"

손으로 부족해 품에 안아서 가져올 수밖에 없었는데, 그 물건은 알록달록한 자태를 자랑하는 열 자루의 라켓이었다.

"이게 라켓 메이커의 전부라곤 할 순 없지만, 대부분이라곤 할 수 있지. 윌슨(Wilson), 헤드(Head), 바볼랏(Babolat), 프린스(Prince), 던롭(Dunlop), 프로케넥스(Prokennex), 파시픽(Pacific), 테크니파이버(Tecnifibre), 요넥스(Yonex), 뵐클(Volkl)이 있어. 어디 보자……."

샘이 라켓 한 자루를 꺼내 진희에게 보여줬다.

파란색과 하얀색으로 예쁘게 도색된 라켓이었다.

"어! 영석아, 이거 내 거랑 비슷하다."

샘이 피식 웃으며 말했다.

"너희가 몇 년째 우리 아카데미를 이용하면서 누적된 데이터를 참고해 보자. 음, 내 기억에 진희 너는 조금 부족한 스트로크 파워를 최대한 보충하기 위해 반발력이 강한 고탄성의 라켓이 필요해. 거기에 특기인 발리의 용이함을 위해 조작감까지 고려해야 하지. 헤드 사이즈는 100스퀘어 전후, 밸런스는 이븐 밸런스보다 조금 그립에 잡혀 있는 게 좋겠다. 이 브랜드를 봤다면, 아마… 이 라켓하고 똑같이 생겼는데 조금 더 반짝거리는 라켓 아냐?"

진희는 샘의 추리를 듣고 멍해졌다.

"어, 어떻게 알았어? 홈즈 보는 줄 알았네."

샘은 이번에 영석을 바라보고 말했다.

"영석, 네가 골라줬지?"

"뭐? 진짜?"

두 사람의 집중적인 시선에 난처해진 영석이 머리를 긁적였다.

"그냥 예쁘길래."

궁색한 변명을 늘어놓았지만, 진희와 샘은 믿지 않았다.

진희가 도도 달려와 영석을 안았다. 그리고 뽀뽀를 퍼부었다.

"고마워. 역시 영석이밖에 없어. 음, 쪽쪽!!"

"으… 우리 엄마한테 못된 것만 배웠구나."

영석이 질색하며 샘의 눈치를 살폈다. 남세스럽기 때문이다.

샘은 빙그레 웃으며 영석과 눈을 마주치고 말했다.

"기록을 살펴봐야겠지만, 아마 브랜드를 가리지 않고 진희에게 맞는 라켓을 선별했겠지. 대단해, 정말."

"부끄러워, 샘. 누구나 할 수 있는 건데 뭘……."

"영석, 네 라켓 취향은 어떻지?"

샘은 영석의 취향을 물었다.

"극단적인 투어형 라켓."

영석은 잠시의 고민도 없이 말했다.

투어형 라켓이란, 헤드 사이즈가 작고 무게가 무거우며 헤드라이트 밸런스를 갖춘 라켓을 말한다.

"조금 고전적이네. 근데 지금까진 평범한 라켓을 썼잖아."

"신체가 발달하는 속도에 맞춰서 라켓을 교체해 온 거지."

영석의 말에 샘은 소름이 돋았다.

'아주 어릴 때도 남달랐지만, 역시 이 녀석은…….'

샘은 고개를 흔들며 앉은 자리에서 일어나서 말했다. 설명은 끝났다는 태도다.

"자, 이제 대충 라켓에 대해 알겠지? 보통 대부분의 브랜드는 여러 가지 라인업을 꾸려서 선수의 선택을 기다리지. 브랜드별로 장단점이 있다고 말은 하는데, 사실 별 차이 없어. 너희가 심리적으로 안정되는 브랜드, 애정이 가는 브랜드, 예뻐 보이는 브랜드… 혹은 조건이 파격적인 브랜드를 택하면 돼."

"샘, 용건을 확실히 하자. 그래서 나와 진희에게 콘택한 업체가 있어?"

샘이 씨익 웃으며 사무 탁자로 가 전화를 걸어 누군가를 호출했다.

"…올라오시면 됩니다."

영석과 진희가 궁금한 표정을 하고 있는 걸 느긋하게 즐긴 샘은 굉장히 멋을 들인 말투로 속삭이듯 중얼거렸다.

"있지, 그것도 아주 많이."

*   *   *

샘의 말은 틀리지 않았다.

한 통의 전화를 필두로 해서 근 한 시간 가까이 계약 담당자들을 만나서 얘기하느라 영석과 진희는 진이 다 빠졌다.

"샘, 이제 끝난 거지?"

샘이 빙그레 웃으며 답해줬다.

"그래, 일단은 끝났어. 계약에 대한 대략적인 과정이나 조건은 이제 알겠지?"

영석과 진희는 고개를 끄덕일 수밖에 없다.

그때, 이번에는 샘의 전화기가 울렸다. 고개를 갸웃한 샘은 수화기를 들었다.

"여보세요?"

─거기 TAOF(Tennis Academy of Florida) 맞습니까?

"네, 맞습니다. 누구신지요?"

─아, 저는 〈테니스코리아 매거진〉이라는 잡지의 편집장인 박정훈이라 합니다.

샘은 조금은 어눌한 억양의 영어에 인상을 쓰고 청각을 열어 집중하기 시작했다.

"아, 안녕하십니까, 박정훈 편집장님."

─다름이 아니라 영석과 진희에게 연락을 할 방도를 찾다가 이렇게 TAOF로 직접 연락하게 됐습니다. 혹시 영석과 통화 가능할까요?

"잠시만요."

샘은 수화기에 손을 가져가 조심히 감싸고 영석에게 물었다.

"박정훈 편집장이라는데, 알아? 테니스코리아 매거진? 이라는 잡지 회사 사람인가 본데………"

"알아, 왜? 날 찾아?"

샘은 고개를 끄덕이며 수화기를 건넸다.

"네, 박 기자님. 어쩐 일이세요? 한국은 잘 들어갔고요?"

반가운 한국어를 들어서일까, 영석의 목소리를 들어서일까. 수화기 너머에서 박정훈의 편안한 음성이 들려왔다.

—휴, 영석 군이구나. 얼마 전에 봤는데, 또 이렇게 연락을 하게 해서 미안해. 다름이 아니라 좋은 소식 하나 전해주려 했지.

"미안하긴요, 어떤 일인데요?"

—음, 나중에 너 한국 들어오면 천천히 진행하려 했는데… 계약 하나를 검토해 봐 줄 수 있을까?

"계약이요? 어떤……?"

—평소 테니스로 친분이 있던 분 중에 한신은행 대표님이 있는데… 아니나 다를까, 네 이름 말하자마자 끈 좀 만들어달라고 그렇게 성화여서 말이야.

"한신은행이요?"

영석은 믿기지 않는 듯 되물었다.

—그래, 그 한신은행이야. 딱히 실업팀을 보유하지도 않았는데, 그 대표님 본인이 테니스를 너무 좋아해서 말이야… 그렇게 남한테 아쉬운 소릴 할 사람이 아닌데 엄청 조르더라고. 덕분에 접대 아닌 접대까지 받아버렸어. 하하!

'철없는 사람 같으니……'

영석이 피식 웃었다.

박정훈은 영석 자신이 접대가 무엇인지 알 거라 생각하고 저렇게 말하는 걸까?

"그런 말 들으니까 저도 좋네요. 그래서 어떻게 계약을 한다는 거예요?"

―나한테 딱 1주일만 시간을 달라고 하더라고. 본인이 기획해서 회의까지 하고 준비하는 데 그만큼의 시간이 걸린대. 일단 영석 군하고 진희 양 부모님에게 먼저 가서 상의를 한다고 하는데… 괜찮겠지? 아직 계약한 곳 없지?

"일단 라켓하고 신발은 저랑 진희가 정했어요."

―그래, 그건 당연히 그래야지. 그럼 한신은행 대표한테도 이 연락처 가르쳐 줘도 될까?

"네, 물론이죠. 그럼 연락 기다리겠습니다."

영석이 대화가 마무리되어 감을 느끼고 인사를 건네려던 찰나 수화기에서 다급한 목소리가 들렸다.

―영석 군!!

"네?"

박정훈이 기관총처럼 말을 쏟아냈다.

―아마 대표님 본인이 직접 갈 거야.

"직접… 이요?"

―응. 활달하달까, 혈기가 왕성하달까… 아마 영석 군한테 같이 시합해 달라고 조를지도 몰라. 하하!!

"환영이죠, 저는."

영석이 씨익 웃었다.

그렇게 박정훈과의 전화가 끝나고 영석은 샘과 진희에게 말했다.

"한국의 은행에서 계약 문제로 연락을 해오겠다는데… 천천히 고민하자."

진희는 궁금해 죽겠다는 듯 눈을 빛냈지만, 나중에 얘기를 나눌 심산인지 고개를 끄덕였다.

샘은 깊게 생각을 하더니 무언가를 깨달은 듯 외쳤다.

"골프!!"

"응?"

"골프에서 비롯된 형태의 계약이지? 너희 대한민국에서 나온 박세리 선수!!"

영석과 진희는 샘의 말에 조금은 뿌듯한 기분이 들었다.

그런 기적과도 같은 불세출의 천재 골퍼가 대한민국에서 배출되었다는 사실이 절로 자랑스러웠다.

샘은 말을 이었다.

"너희 나라의 골프는 박세리 선수 이후로 금융권이 선수랑 계약을 직접 맺는 경우가 많다고 들었어. 제법 신기한 형태의 계약이라 관심이 있는 사람들은 모두 알고 있는 얘기지."

그 뒤로도 샘은 잘됐다는 둥 계약은 천천히, 그리고 심사숙고해서 해야 한다는 둥 수선을 떨었다. 그런 샘의 말이 끝나자 영석은 나갈 채비를 하며 말을 했다.

"아참, 샘. 주말에 사핀이랑 연습 좀 하려고 하는데… 어떻게 해야 할까?"

샘은 영석의 말에 얼어붙은 듯 동작을 멈췄다.

＊　　　　＊　　　　＊

"쿡쿡."

영석과 함께 식사를 하러 기숙사 건물로 가던 중, 진희는 입을 가리고 작게 웃었다.

"왜?"

영석이 의아하다는 듯 물었다.

"아니… 샘이 너무 웃겨서 말이야."

진희는 말을 하고서도 웃긴지 계속 쿡쿡거렸다. 영석도 피식 웃으며 방금 전 사무실에서의 일을 떠올렸다.

"뭐?! 사핀??? 그 사핀? 마라트 사핀?! 세상에……"

그렇게 외친 샘은 당장 여기저기에 전화를 걸었다.

―주말에 시간 낼 수 있는 코치 2, 3명만 어떻게든 구해봐.

―비품 중에 시합구 몇 개나 준비할 수 있어? 일단 스무 구 정도만 구해봐. 최고로 좋은 거. 그래! 얼마 전에 들어온 그거!

―당장 오늘부터 주말 아침까지 영석한테 붙을 수 있는 물리 치료사 있어? …없다고? 수당을 붙여준다고 해서라도 한 명만 따로 붙여봐.

―비디오팀 하나 꾸려서 주말에 출장 나가야 한다고 전해줘.

시합? 아니야, 연습이야. 사핀이라고!! 빨리 장비 꾸려서 준비해.

한참을 난리 치는 샘의 모습에 놀란 듯 영석과 진희는 멍하니 있었다.

그렇게 한참을 난리 피운 샘은 숨을 가다듬고 영석을 바라보며 말했다.

"나도… 나도 가도 될까?"

"뭐?"

샘의 눈에 불길이 깃들었다.

"최고의 기대주로 손꼽히고 있는 사핀이야. 이 눈으로 확인해보고 싶어서 그래."

"뭐, 괜찮지 않을까?"

영석은 그 열의를 감당할 수 없어서 무심하게 대꾸했다. 하지만 샘은 그런 영석의 대꾸에도 기쁨을 감추지 못했다. 주먹을 불끈 쥐고 환호성을 지르던 그는 곧 정신을 차리고 무안한 듯 헛기침을 하고 영석에게 말했다.

"며칠 안 남았지만 내일부터 이틀은 우리 시설의 모든 역량을 영석 너에게 맞출 거야. 몸 관리 잘해서 컨디션을 최대한으로 끌어 올려보자고."

그렇게 말한 샘은 어질러져 있던 라켓을 한데 모아 정리를 하더니 영석과 진희에게 들어가서 쉬라고 말했다.

샘의 정신없는 모습을 떠올리며 같이 웃었던 영석이 진희의 해맑은 모습을 슥 봤다.

진희는 영석의 시선을 눈치채고 슥 다가와 영석의 오른팔을 품에 안았다.

"정신 없다아아."

영석은 자연스럽게 팔을 내주곤 말했다.

"고작 퓨처스인데도 세상이 시끄럽구나, 정말."

"고작이라니! 난 얼마나 힘들었는데!!"

진희가 볼을 부풀리며 계속 말을 이었다.

"팔은 물 먹은 솜처럼 무거워서 안 움직이지, 다리는 떨리지, 몸은 차가운데 땀은 계속해서 흐르지… 심지어 귀도 안 들렸어. 헉헉대는 내 숨소리만 들려서 미치는 줄 알았는데… 고작?!"

영석이 왼팔로 진희의 머리를 쓰다듬었다.

"물론 고작이라고 하기엔 어폐가 있지. 내가 미안해."

"알면 됐어."

표정을 풀고 배시시 웃은 진희가 머리를 영석의 어깨에 기대어왔다.

"신난다. 시작이 좋아, 우리."

영석은 진희의 품에 안긴 자신의 팔을 빼내어 진희의 어깨를 감싸 안았다.

"고생했어. 앞으로도 계속 좋은 일이 생기도록 열심히 하자."

"또또… 애늙은이 같은 느끼한 대사."

"뭐? 하하."

진희가 꼼지락거리며 영석의 품을 파고들었다.

"고마워, 정말……."

중얼거리고 나서 고개를 든 진희의 얼굴이 발갛게 상기되어 있었다.

눈빛이 기이할 정도로 촉촉해 보여서 영석은 멍하니 진희의 눈을 바라볼 수밖에 없었다.

"……"

영석의 몸이 경직되자 진희가 싱긋 웃으며 영석의 목에 팔을 두르고 입을 맞췄다.

"……!"

이때까지의 장난스러운 뽀뽀와는 달리 깊고 긴 키스가 한동안 이어졌다.

"……"

"……"

한참 동안을 입을 맞대고 있던 둘은 누가 따로 지시라도 한 듯 동시에 몸을 뗐다.

낯간지럽고 부끄럽지만, 달달한 대기가 둘을 감싸고 있었다.

그 침묵을 깬 건 영석이다.

"진희야……."

아이에서 소녀로, 소녀에서 숙녀로까지 변해온 진희의 겉모습처럼, 영석의 마음속에서도 진희의 크기는 점점 커져만 갔다. 자신이 전생에서 서른 살이었다는 건 까마득히 잊을 정도로 말이다.

진희는 수줍은 듯 귀엽게 미소 짓고 있었다.

"예전부터 품어왔던 마음이야. 고맙고… 좋아해."

진희의 갑작스러운 고백에 영석은 멍하니 얼어붙었다.

지금까지는 반장난식으로 지속되고 있던 둘의 관계가 오늘을 기점으로 아주 다른 형태의 관계로 변하게 됐다.

"내가 말하려 했는데……."

영석의 입을 비집고 나온 것은 궁색한 변명이었다.

진희는 말없이 그런 영석을 바라보았다.

슥, 슥.

걸음을 조심히 옮겨 다가간 영석이 진희를 으스러져라 꼭 안고 중얼거렸다.

"나도 좋아해, 진희야."

입을 달싹이며 무언가 더 할 말이 있나 잠깐 고민한 영석이었지만, 무슨 말을 해도 지금의 가슴 벅찬 느낌을 전하기 힘들 것 같다는 생각에 조용히 품에 안긴 진희의 심장 고동을 느꼈다. 매년 와서 봤던 아카데미의 전경이 색을 입힌 듯 다채로운 빛깔로 물들었다.

"숨 막혀……."

감동은 진희가 중얼거릴 때까지만 유효했지만 말이다.

"하하!!"

영석이 크게 웃음을 내뱉고는 진희를 품에서 떼어냈다.

그리고 허리를 안고 다시 끌어당겨 입을 맞췄다.

"……!!"

품에서 살짝 바둥거리는 진희의 조그마한 저항은 무시한 채로 말이다.

그렇게 몸을 겹치고 한참을 입을 맞췄을까, 영석과 진희의 배에서 꼬르륵 소리가 들려왔다.

몸이 밀착되어 있어서 그런지, 분위기를 깨는 허기를 서로가 느낄 수 있었다.

"밥 먹자!"

진희가 밝게 웃으며 말했다.

"그래."

영석은 진희의 손을 살며시 잡고는 걸음을 옮겼다.

*   *   *

샘의 호언장담은 그대로 실현됐다.

"영석! 더 달려 더!!"

400미터를 계속해서 달리게 하는 최영태와 이유리의 교육 방도가 퍽 마음에 들었는지, 아카데미의 코치들도 똑같은 걸 시켰다. 이 훈련의 원리나 장점은 영석이 풀어서 설명해 줬다. 젖산이라는 단어가 떠오르지 않아 꽤나 설명이 어려웠지만 말이다.

"좋아!!"

시작점에 돌아온 영석이 헉헉거리며 숨을 고르자 코치는 만족한 듯 엄지를 세웠다. 진희가 수건을 갖고 와 영석의 땀을 닦아주었다. 아니, 닦아주는 건지 쓰다듬는 건지 몸을 밀착해 애정 가득한 손길로 영석을 어루만졌다. 코치는 눈썹을 꿈틀대더니 진희에게 말했다.

"진희, 너도 달려. 우승했다고 벌써 풀어진 건 아니겠지? 비디오반이 영상 다 찍어왔으니까 둘 다 저녁에 보완점을 강구해야 해."

"쳇."

진희가 짧게 불평을 표현하곤 시작점에 서서 몸을 풀었다. 그리고 시작이라는 신호가 떨어지기 전에 몸을 날려 달리기 시작했다. 영석과 코치는 멍하니 그런 진희를 바라보고 있었다.

"영석, 너도 상상을 초월할 정도로 빠르지만, 진희는 여자 선수치고… 정말 빠르군."

'놀란 게 그 포인트입니까.'

영석이 속으로 피식 웃었다.

코치의 말대로 진희는 엄청난 속도로 달렸다. 아마 영석과 나란히 달리면 15초 정도밖에 차이가 나지 않을 것이다.

진희가 시작점에 돌아오자 코치가 걸음을 옮기며 외쳤다.

"Active rest… 아주 좋은 이론이야. 몸 식기 전에 코트로 가서 박스 볼 1시간 정도 치자. 그 후엔 아카데미생과 3연속 시합이 이어질 거야. 연습이라고 했지만, 시합을 준비한다고 생각하고 끊임없이 움직이자고. 무려 사핀이야, 사핀. 이런 기회는 흔치 않아."

코치의 말에 영석과 진희는 노골적으로 싫은 표정을 지었다.

'죽겠구나, 오늘…….'

Chapter 13
Practice with Safin

주말의 아침이 밝았다.

영석은 눈을 번쩍 뜨며 몸을 일으켰다. 알람 시계 없이 아침을 맞이하는 건 이미 익숙하다. 특히 오늘같이 중요한 날이라면 더더욱.

'두근거려서 잠을 잔 것 같지 않아.'

진희의 고백이 있던 날과 마찬가지로 오늘 또한 굉장한 두근거림에 수면 시간이 찰나처럼 느껴질 정도로 설레는 밤을 보냈다.

'컨디션은… 좋아, 괜찮군.'

잠시 눈을 감고 몸을 관조한 영석이 슬며시 미소를 띠우며 주먹을 불끈 쥐었다.

밤이 찰나로 느껴질 정도로 잠을 잔 기분도 들지 않았지만, 그건 그만큼 깊게 잠들었다는 방증이기도 하다.

'심박도… 좋아.'

제법 차분한 자세로 맥박을 재본 영석이 만족한 듯 씨익 웃었다.

아카데미에서 하도 매일매일 아침마다 자가 체크를 시키니 이렇게 몸 상태를 확인하는 습관이 생긴 것이다.

"가자."

그대로 방에 딸린 욕실에 들어가 세수를 한다.

수도꼭지를 위로 올려 물을 켠다.

쏴아아아.

물이 쏟아져 나오는 걸 멀뚱히 약 5초간 바라본다.

그리고 손을 대어 물을 모으고 얼굴에 세 번 끼얹는다. 비누는 손 안에서 가볍게 2, 3회 굴려 거품을 내고 광대, 볼, 이마, 턱 순서로 비빈다. 헹구는 건 반드시 세 번 안에 끝내야 한다.

세안을 하고 난 후, 곱게 접혀 있는 수건을 꺼내 펼쳐 얼굴을 가볍게 문지른다. 그리고 나서 수건을 두 번 턴다.

펑! 펑!

그대로 들고 온 수건을 의자에 곱게 걸어놓는다.

'좋았어.'

심장이 조금씩 빠르게 뛰며 영석을 기분 좋게 했다.

중요한 날을 앞두면 꼭 이 일련의 과정대로 행동해야 한다. 걷는 방법, 호흡, 시선 처리까지… 그날 하루는 모조리 늘 똑같은 행동을 한다.

　'이제 옷을 입고, 밥을 먹으러 가야지.'

　강박관념이라고 느껴질 정도로 일체의 어긋남도 허용하지 않고 같은 행동을 같은 순서에 해야 한다. 이걸 루틴(Routine)이라 한다. 늘 혼자서 모든 걸 이겨내야 하는 테니스 선수에게 흔히 나타나는 증상이다. 똑같은 행동을 되풀이함으로써 마음의 안정을 찾는 것이다.

　보통 서브를 할 때 쉽게 그 선수의 습관을 찾아낼 수 있다. 공을 땅에 튕기는 횟수, 옷을 만지는 행위, 땀을 쓸어 넘기는 동작, 코를 비비는 동작 등 모든 행위가 똑같다. 선수는 이걸 10년이고 20년이고 계속해서 '의식적으로' 반복한다.

　물론, 시합 외의 장소에서도 이 루틴은 흔하게 나타난다. 다른 사람들이 몰라볼 뿐, 생활 습관 곳곳에서 마음의 안정을 찾으려는 시도는 많다.

　"좀 심한가?"

　정해진 발걸음으로 방문을 열고 나온 영석이 자조적으로 쓰게 웃었다. 그의 경우 의자에 수건을 열고 8.5보 내에 방문에 도달해야 한다는 '암묵적인 규칙'이 있다. 그것은 영석에게 스트레스를 부과함과 동시에 안정감을 준다. 그렇기 때문에 한다.

　"영석아~"

식당으로 내려가자 영석의 시야에 손을 흔들고 있는 진희가 보였다.

'이제 off.'

강박관념과 부담감, 안정감을 모두 벗어던진다. 진희를 볼 때, 가족을 만날 때, 밥을 먹을 때, 잠을 잘 때는 예외다. 규칙을 지킬 필요가 없다고 스스로 납득한 것이다.

냉큼 뛰어와서 영석의 팔을 휘감아 안는 진희를 보는 아카데미생들의 시선은 무덤덤함, 그 자체였다. 매년 깨를 쏟아내는 모습을 보다 보니 만성이 된 것이다.

*　　　*　　　*

아카데미에서 신경 써서 작은 버스를 대절했다. 아니, 늘 준비되어 있으니 대절이라기보다 아예 교통 시스템까지 구비되어 있다고 말해야 한다. 그 버스에 코치 세 명, 물리치료사 한 명, 비디오팀 세 명까지… 영석을 제외하고 아카데미에서만 일곱이나 따라붙었다. 샘은 어디 갔는지 보이지 않았다.

'퓨처스 나갈 때도 안 이랬는데……'

내심 쓰게 웃은 영석이 버스에 오를 준비를 하고 있는데, 저 멀리서 테니스 백을 메고 진희가 달려오고 있는 게 영석의 눈에 잡혔다.

"진희야, 너도 가게?"

잠시 진희가 도착할 때까지 기다린 영석이 진희에게 물었다.

그 질문에 외려 진희가 어이가 없다는 듯 되물었다.

"그럼? 내가 안 가?"

"어?"

묘한 박력에 영석이 고개를 숙였다.

진희의 물음이 묘하게 논리적으로 느껴졌다.

"됐어. 어서 올라가. 나도 타게."

"으, 응."

영석이 하는 수 없이 버스에 올랐고, 진희도 뒤따라 올랐다.

물론 자리는 옆자리였다.

"출~ 발!"

버스가 엔진음을 내뿜고 출발하자 진희는 밝게 외쳤다.

'그러고 보니… 퓨처스 때도 그랬지.'

영석은 진희를 물끄러미 바라봤다.

어릴 때는 소극적이고 내성적인 아이였는데, 어느 순간 대담하고 활발한 성격이 됐다. 꿈에도 그 변화의 원인이 자신에게 있다고 생각지 못한 영석이다.

'천재적인 멘탈이야.'

영석이 멍청하게 감탄하는 사이 진희가 눈을 동그랗게 뜨며 말했다.

"왜? 내가 너무 예쁜가? 아주 눈빛에 꿰뚫리겠어."

그렇게 말하며 또다시 영석의 팔을 채찍처럼 휘감고 영석의 어깨에 기대었다.

"잠이나 자. 거기까지 1시간은 걸리니까."

"…그래."

영석이 진희의 페이스에 말려 못 말리겠다는 듯 한숨을 작게 내쉬고 눈을 감았다.

'루틴이고 징크스고 간에 다 깨졌네.'

푸념 아닌 푸념이었지만, 팔에서 느껴지는 부드러운 감촉에 내심 만족스럽게 웃는 영석이었다.

*　　*　　*

"여어~"

코트에 도착한 영석 일행을 반기는 건 웃통을 벗고 땀을 흠뻑 흘리고 있는 사핀이었다.

신발과 검은색 반바지를 제외하면 완전한 반나체였는데, 왼쪽 손목에는 번뜩이는 메탈 시계가 감겨 있었다.

'이야……'

부끄러움이나 멋있음, 혹은 얼떨떨함 같은 일반적인 감정을 느낄 수가 없다. 누가 사자의 맨몸을 보고 '인간적인' 감탄을 내뱉을 수가 있을까. 그냥 자연스럽고, 당연하게 여겨졌다.

'저 양반은 오히려 옷을 입고 있는 게 어색하겠군.'

이라는 생각이 들 정도로 말이다.

영석의 코치들이 사핀 진영의 코치를 보고 달려가 인사를 나눈다. 나이 지긋하고 똥배 툭 튀어나온 할아버지였지만, 코치들을 애 다루듯 하고 있었다. '누군지는 몰라도 대단한 사람인가 보다'라고 생각한 영석이 사핀에게 다가가 악수를 청했다.

"반가워요."

사핀이 영석의 손을 마주 잡고 말했다.

"거기 뒤에 있는 레이디는 영석, 너의 여자인가? 아주 예쁘군 그래."

그렇게 말하며 사핀은 빛나게 웃어 보였다.

무슨 화보에나 나올 법한 전형적인 영화배우의 웃음이다.

'아차······.'

영석은 식은땀을 흘렸다.

사핀이 그 신체를 타고났어도 세계를 장기 집권하지 못했던 것에는 분명 여성 편력이라는 못된 습관이 있었다.

"네, 제 여자입니다."

영석이 필요 이상으로 강경하게 말했다.

사핀은 피식 웃으며 말했다.

"알았다고 알았어. 너무 날 세우진 마. 무섭잖아?"

능글거리는 모습마저도 밉지 않고 멋있었다.

영석도 훤칠하게 빛나는 외모를 가졌지만, 사핀은 스케일이 달랐다.

강인함과 부드러움이 공존하는, 태양의 신 아폴론에게 축복

받았음이 분명한 사람이었다.

"오늘 하루 잘 부탁한다."

사핀이 영석의 어깨를 다독이며 사근사근 말을 건넸다.

"저도 잘 부탁해요."

영석이 마주 웃으며 친절하게 답했다.

*　　　*　　　*

펑! 펑!!

시합용 코트를 대절해서 연습을 하는지라 적막한 코트 안이 메마른 타구음으로 가득했다.

소리가 하늘 높은 줄 모르고 치솟는 느낌이지만, 결국 허공에 공허하게 흩날릴 뿐이다.

"스읍!"

펑!!!

서로 베이스라인의 듀스 코트에 자리 잡고 일정한 리듬으로 공을 주고받았다. 오른손잡이인 사핀과 왼손잡이인 영석은 코트 바깥으로 빠져서 서로에게 포핸드를 쳤다.

뚜벅뚜벅 펑!

두 사람의 모습을 글로 표현하면 이게 전부였다.

멀뚱멀뚱 서서 성큼성큼 걸음을 크게 옮기고 아주 사뿐하게 라켓을 휘두르고 있었다. 본격적인 연습을 하기 전에 몸을 푸는 의미의 랠리다.

"자, 연습 시작하자고~!"

영석의 코치 세 명과 사핀의 코치 한 명이 코트로 들어오며 외쳤다.

사핀과 영석을 한 코트에 몰아넣고 각자 챙겨 온 시합구를 갖고 랠리를 시작했다.

이것 또한 몸풀기의 연장선이다. 그렇게 10분 정도를 공을 치고 나서 사핀의 코치는 영석에게, 영석의 코치들은 사핀에게 조언을 한다. 이를테면 이렇게 말이다.

"영석, 백핸드는 나무랄 곳 없어. 우리 애랑 비교해도 손색이 없는데? 다만 포핸드가 조금 문제야. 스윙 매커니즘 자체엔 딱히 문제가 없는 것 같은데, 공을 칠 때 몸의 힘을 온전히 싣지 못하고 있어."

"아, 역시 그렇죠?"

영석은 애써 내색하지 않았지만 백핸드를 칭찬받자 하늘을 날아갈 듯 기뻤다. 백핸드 하나만큼은 역대 모든 선수를 통틀어도 열 손가락 내로 꼽힌다는 사핀과 비슷하다니, 감개무량할 뿐이다. 이어진 포핸드의 지적도 날카로웠다.

"잠깐 빈스윙(허공에 스윙하는 것. 주로 폼을 체크할 때 행한다) 좀 해봐."

영석이 그 말에 반색을 하고 빈스윙을 했다. 아주 어릴 때를 제외하곤 하지 않았던 걸 하려니 조금 부끄럽기도 했다. 옆에서 영석의 코치들과 말을 나누는 사핀이 조용히 중얼거렸다.

"망할 영감탱이. 참견쟁이라니까."

그러거나 말거나 영석의 스윙을 유심히 관찰한 사핀의 코치는 단언했다.

"다리, 다리가 문제야."

"네??"

영석은 그 말에 화들짝 놀랐다. 오른손잡이라 왼손이 오른손만큼은 능숙하지 못할 거라는 지적은 종종 받아왔고, 본인도 납득하지만 다리는 아니었다. 다리는 영석이 절대적으로 자신 있어 하는 요소로, 결코 지적을 받아선 안 됐다.

"음, 이해하기 쉽게 말해줄까? 네 상체가 하체를 못 따라가고 있어. 자, 너에게 10이라는 힘이 있다고 가정하자. 이 10의 힘으로 스트로크를 한다고 할 때, 네 하체는 10의 힘을 온전히, 아니, 그 이상으로… 그래, 15 정도로 증폭시켜서 허리와 등으로 전달할 수 있어. 그 15의 힘을 네 백핸드는 10 정도 받아들일 수 있고, 네 포핸드는 5도 못 받아낸다. 이건 피나는 훈련을 해서 왼손을 오른손과 같은 경지에 이르게 만들어야지."

"……."

결론적으로 왼손에 대한 지적이었다.

영석의 표정에서 흥미가 사라짐을 느꼈을까, 사핀의 코치는 눈썹을 꿈틀거리더니 능글맞게 웃었다. 사핀과 똑 닮았다. 미워할 수 없는 능글거림 말이다.

"내가 비법을 가르쳐 줄까?"

"비법이요?"

영석이 되물었다.

"음, 돈 받고 가르쳐야 하는 건데… 유망주 하나 살리는 셈 치고 가르쳐 주지. 감사하라고. 이렇게 생색내야 나중에 고마워하더라."

한쪽 눈을 찡긋한 코치가 사핀과 영석의 코치들을 불렀다.

"이리 와!"

사핀은 툴툴거리며 걸어왔고, 영석의 코치들은 영문을 모르겠다는 얼굴로 걸어왔다.

"애송이, 보여줘."

"아, 뭔지를 말해야 알아들을 거 아냐, 영감탱이."

사핀이 가벼운 짜증을 냈다.

"포핸드, 점프해서."

"…알았어."

"자네는 볼 두세 개만 넘겨주게."

지목받은 코치가 허둥지둥 건너편으로 넘어갔다.

"잘 봐."

사핀이 말을 함과 동시에 공이 넘어왔다.

타닥, 탁, 타다다.

스텝이 참으로 경쾌했다.

페더러만큼의 유려한 맛은 없지만, 일류 선수라면 모두 가지고 있을, 그런 경쾌한 스텝이다.

스플릿 스텝에 이어 사이드 스텝이 이어지고 잔발을 뛰다가 공이 표적에 잡히자 스윙이 이어졌다.

'평범한… 데???'

무게중심의 이동이 스무스하게 이어지는 걸 보고 조금 감탄했을 뿐, 누구나 하는 포핸드였기에 시큰둥했던 영석은 이어진 사핀의 행동에 경악했다.

*　　　*　　　*

"뛴다고?"

펑!!!

영석의 놀람과 동시에 괴랄한 타구음이 코트에 울려 펴지고 공이 찌그러지게 보일 정도로 강력한 스트로크가 꽂혔다.

"봤어? 다른 것도 한 번 더."

코치의 주문에 사핀은 다시 준비했다.

이번에는 영석도 집중해서 봤다.

스플릿, 사이드 스텝에 이어진 잔발. 참으로 기본적인 동작이 이어지고 이번엔 오른발을 쿵 내딛더니 몸을 공중에 띄워 에어 워크처럼 공중에서 스텝을 밟고 자세를 잡아 라켓을 휘두른다.

펑!!

"잭나이프잖아."

영석이 중얼거렸다.

잭나이프는 일전에 영석도 써먹었던 기술로 주로 백핸드를 칠 때 행하는 기술이다.

그 이유는 간단하다. 백핸드가 '꼬인 몸'을 푸는 동작의 연장에 있다면, 포핸드는 몸에 회전을 가미하는 매커니즘을 갖기 때문이다. 공중에서 허우적거리며 포핸드를 휘둘러 봤자, 땅에서 힘을 끌어온 것에 비할 바가 아니었다. 장점이라곤 타점을 높은 곳에서 가질 수 있다는 것 정도?

"왜 저걸 하라는지 모르겠지?"

영석이 고갤 끄덕였다.

"네 하체는 너무 뛰어나. 잠깐 지켜본 나도 알 수 있을 정도야. 몸에서 요구하는 '힘의 총합'을 하체에서 많이 끌어오게 되지. 그럼 상체는 놀아도 제몫을 하기 때문에 발전할 수 없는 거야. 백핸드는 예외지. 두 손으로 하는 거라 네 집중도도 차원이 다르고, 아마도 어렸을 때부터 잘했겠지. 자긍심을 가질 정도로 말이야."

"……."

영석은 아무런 말도 못 하고 그저 멍하니 바라봤다.

'그런 것도… 같네.'

"발리는 남의 힘을 빌리니 딱히 문제라고까진 못 느꼈을 거야. 음, 서브도 문제가 있겠지. 우선 이 포핸드를 시도하라고 조언하는 이유는 하체의 힘을 최소화하고 상체의 균형 감각과 힘을 이용해 치는 습관이 생겨야 하기 때문이야. 설마 그렇다고 모든 포핸드 스트로크를 점프해서 치진 않겠지?"

가벼운 농담과 함께 들어온 노인의 지적은 하나하나 틀린 구석이 없었다.

이 지적에 따르면 늘 영석의 고민거리였던 부분이 모두 맞아떨어진다.

지금까지는 장점으로 모든 단점을 커버하고도 이길 수 있는 수준의 상대만 만났지만, 앞으로는 절대로 그럴 수는 없다. 그렇기에 가뭄에 단비와 같은 조언이 영석에게 큰 도움이 된 것이다.

"아, 거참. 영감탱이! 그만 가르쳐. 연습 시합 안 할 거야??"

사핀이 채근하자 영석은 퍼뜩 정신을 차렸다.

'그래, 가장 중요한 일은 시합이다.'

영석은 고개를 끄덕이고 상의를 벗어 던지며 호기롭게 외쳤다.

"전 지금 해도 괜찮습니다."

사핀에 비하면 그야말로 아이의 몸이지만, 길게 늘어난 고무처럼 탄력적인 근육들이 영석의 온몸을 장식하고 있었다. 사핀이 눈에 이채를 발하며 화답했다.

"호오, 그래? 벗었다 이거지? 나도……"

주섬주섬거리며 바지를 벗으려는 시늉을 하는 사핀. 영감탱이라 불린 코치가 그런 사핀의 머리에 꿀밤을 먹였다.

"언제 철들래?"

그 모습에 모두 웃음을 터뜨렸다.

*　　　*　　　*

팡! 팡!

펑!

코트에는 적막이 내려앉았다.

영석의 코치들과 진희 모두 관중석 앞줄에 앉아 침을 삼키는 것조차 잊고 랠리를 지켜보고 있었다. 심판자석엔 사핀의 코치가 자리 잡고 있었다.

'이 인간 뭐야……'

영석은 사핀의 공을 정신없이 쫓아다니며 경악을 금치 못했다.

천성적으로 '연습'이 붙은 모든 행위를 싫어하는 사핀답게 1세트는 영석이 가져가며 모두를 놀라게 했다.

"쳇."

물론 영석은 짧게 혀를 차며 하나도 기쁨을 표시하지 않았다.

사핀이 성의 없이 시합을 하는 건 아니다. 긴장감이랄까, 위기의식 자체가 떨어지면서 모티베이션이 한없이 바닥을 기고 있기 때문에 타점이 미묘하게 어긋났고, 치는 족족 아웃이었다. 철저하게 본인의 실책으로 한 세트를 내준 셈이다.

'내가 아무리 공격해도 다 받아냈어.'

사핀 같은 본능에 맡기는 공격형 테니스 선수가 받아낼 정도면, 다른 톱랭커들에겐 씨알도 안 먹힌다. 그게 영석의 현 위치다.

펑!!

"……!!!"

사핀의 서브 에이스가 또 터졌다.

직감적으로 영석은 이 서브가 시속 200킬로미터 정도는 우습게 뛰어넘는다는 걸 알았다.

펑!!

팡!!

애드 코트에서의 서브를 간신히 받아낸 영석은 최대한 랠리를 길게 끌어가고자 발악을 시도했다. 어릴 때 로딕하고의 시합에서 보여줬듯, 랠리가 길어지면 아무리 대단한 선수라도 지치게 마련이고, 돌파구가 생기니 말이다.

펑! 펑!!

그렇게 여섯 번 정도 랠리를 이어갔고, 극도의 집중력을 발휘한 영석은 대부분의 공을 베이스라인 핀포인트에 꽂는 엽기적인 기량의 스트로크를 보였다.

하지만,

"으랏차!!"

사핀이 2미터에 가까운 거구를 믿기 힘들 정도의 속도로 다루며 영석의 날카로운 백핸드를 아슬아슬하게 걷어냈다.

펑!

완벽하게 무너진 자세에서 손목만 까닥거려 걷어낸 공임에도 무시무시한 속도로 네트를 넘어 오는 광경을 보고 영석은 이를 악물었다.

'이 무슨 사기적인 몸뚱이란 말인가.'

영석도 프로에 발을 디딘 선수, 저런 공은 당연히 처리할 역량이 있다.

퉁.

네트 앞으로 쏜살같이 뛰어와 오픈 스페이스로 발리를 찔러 넣었다.

하지만 사핀은 그조차 예상한 듯, 사자처럼 달려들어 러닝 포핸드로 공을 때렸다.

쾅!!

공은 네트의 위가 아닌 옆을 통과하여 사선으로 영석의 코트에 꽂혔다.

"컴온!!!"

어찌할 도리 없이 멍하니 서 있는 영석에게 사핀이 포효했다.

온몸이 벌겋게 달아오른 상태로 살기와 본인의 의지를 짐승처럼 뿜어내는 사핀의 기백에 영석은 아연실색했다.

'이게 톱 레벨이구나. 과연… 아마 백 프로 천 프로 내가 지겠지… 하지만!!'

영석 또한 세계 정상을 8년이나 차지하고 하나의 세계를 온전히 지배해 온 강자였다.

최고의 자리에 대한 욕구와 갈망은 세상 그 누구보다 높다고 자부할 수 있는 게 영석이다.

으드득.

이를 앙다물다가 말려 들어가 함께 씹힌 영석의 입술에서 빨간 피가 송글송글 맺혀 있었다.

'내 지금의 역량이 통하지 않는다면, 내 미래의 역량까지 동원하겠어!'

*   *   *

1세트 6 : 4 이영석 승.

2세트 2 : 6 사핀 승.

3세트 5 : 5 타이브레이크 진행 중.

펜을 들어 노트에 시합의 상세한 과정 전부를 기록하고 있는 진희가 물끄러미 영석을 바라보았다. 결코 그 누구에도 보여주지 않았던 심유한 표정과 얼음장 같은 눈길이 영석의 온몸을 분해하듯 살피고 있었다.

"또 발전했어… 따라잡으려면… 얼마나 걸릴까."

분한 듯 진희의 몸이 잘게 떨렸다.

"널 사랑하지만, 질투가 난다 이거야……"

말 그대로 진희에게 영석은 세상의 전부다.

가장 사랑하고 가장 이기고 싶은 존재인 셈이다. 남자와 여자의 신체 차이? 그런 건 진희에게 비겁한 합리화로 느껴졌다. 끝없는 애정과 불타오르는 의지가 뒤섞인 진희의 시선이 영석에게 머물렀다.

퉁, 퉁.

서브를 준비하며 공을 코트에 퉁기는 영석은 지금 제정신이 아니었다.

다리와 팔, 눈동자 모두 큰 진폭을 그리며 떨고 있었다. 고작 3세트의 경기임에도 그동안의 체력 단련이 무색하게 지쳐 버린 것이다.

'너무 쏟아냈나……'

체감으로 10초 정도가 지났음을 느끼고, 영석은 공을 하늘에 띄웠다. 그간의 연습이 빛을 발하듯, 높게 토스된 공은 시합 내내 원하는 곳에서 단 1밀리도 어긋나지 않은 위치에 자리 잡고 있었다.

"스읍!"

숨을 삼킨 영석이 뒷다리의 힘을 끌어왔다. 대지의 힘이 발바닥을 통해 들어오는 게 느껴졌다. 그 힘은 긴 끈을 대지에 둔 채, 뱀처럼 영석의 종아리를 타고 올라왔다. 마침 토스한 공이 가장 높은 위치에서 잠시 멈출 때, 영석의 눈이 번뜩이며 서브의 동작이 급속도로 전개됐다.

머리 뒤에 머물던 라켓이 아름다운 궤적을 그리며 공을 향해 나아갔다. 동시에 대지에 묶였던 발이 두둥실 떠올랐다. 점프한 것이다.

"후우우… 악!!"

펑!!!

단순한 호흡을 넘어서 비명과도 같은 기합이 영석의 의지와 상관없이 입에서 삐져나왔고, 점프까지 하느라 엄청나게 높은 타점에 머물던 공은 기괴하게 찌그러지며 사핀을 향해 눈 깜짝할 새에 뻗어 나갔다.

와이드로 뻗어올 걸 기다린 사핀은 공이 센터를 향해 오자 허겁지겁 다리를 놀렸지만, 머리카락 한 올 차이로 라켓에 닿지 않은 공은 한 번 바운드됐음에도 불구하고 사핀의 뒤편 벽에 맹렬하게 처박혔다.

'뭐 저런 녀석이……'

사핀은 내심 감탄했다.

흔히 테니스 선수를 논할 때, 랭킹 10위 안에 드는 선수와 100위권인 선수의 차이는 종이 한 장 차이라고 한다. 그 말은 맞으면서 동시에 틀렸다. 종이 한 장만큼 하잘것없어 보이지만, 그건 종이 한 장이 아니라, 재능 한 장이다. 그걸 극복하긴 요원한 일이다.

'저 녀석… 3세트 시작하고 나선 사람이 바뀌었어.'

시작은 사핀 자신이 영감탱이라고 부르는 코치의 조언대로 영석이 포핸드를 치면서 포문을 열었다. 폴짝 뛰면서 치는 게 아무리 봐도 웃겨서 시합 도중에도 불구하고 크게 웃으며 코트를 굴러다녔다.

하지만 그렇게 딱 세 번의 시행착오를 거쳤을 뿐이다. 몸이 어떻게 생겨먹었는지, 순식간에 익숙해져서 자유자재로 다루더니 백핸드까지 덩달아 좋아졌다. 잭나이프를 때려대는 통에 공을 쫓아다니느라 사핀이 포인트를 꽤 잃은 것이다. 이 이상한 페이스는 영석이 서브까지 점프해서 때려대며 더욱 상승세를 탔다. 결국 5 : 5 듀스인 상황까지 몰린 것이다.

"그래그래, 유망주 하나가 번쩍— 하며 혜성같이 나타났구나. 그래… 그럼 넌 지금부터 애거시다. 아니, 샘프라스다."

중얼거린 사핀의 얼굴에서 표정이 사라지며 눈이 침착하게 가라앉았다.

집중력을 끌어 올리고 있는 것이다. 급변한 분위기가 얼마나 대단했는지, 코트 반대편에 있는 영석도 느낄 수 있었다. 사핀의 몸을 타고 뿌연 아우라가 안개처럼 번지는 것 같아 보일 정도다.

'이제야 시합 모드로 나오는 거야? 난 모든 에너지를 쏟고 있는데……'

영석이 내심 혀를 찼다.

아무리 발악해도 지금은 못 이길 걸 알면서도 온 힘을 다했지만, 경기 막판에 와서야 더 집중력을 끌어 올리는 사핀을 보며 영석은 의지가 꺾이려는 것을 간신히 부여잡았다. 하지만 힐끔 바라본 자신의 다리와 팔 모두는 이미 한계 상태임을 알리 듯 부풀었던 근육이 쪼그라들었다. 그리고 코를 찌르는 악취까지.

'몸에서 진액이 나오는구나, 진액이.'

패배를 기정사실화한 영석이지만 입꼬리에는 투쟁심 넘치는 미소가 걸려 있었다.

*　　　　*　　　　*

"게임 셋."

사핀의 코치는 게임이 끝났음을 굉장히 간결하게 알리고, 심판석에서 내려와 영석을 격려했다.

"고생했다. 저 망나니를 이 정도로 몰아붙이다니… 전망이 밝아, 전망이."

어느새 다가온 사핀이 코치를 흘겨보더니 영석과 살짝 포옹했다.

"아주 훌륭했어. 어차피 난 이번에 우승할 거고, 넌 우승자가 될 나를 실력으로 괴롭히게 된 루키가 될 거야."

능청스럽게 말하며 윙크를 하는 사핀의 모습이 미래를 알고 있는 영석에겐 마냥 웃기지만은 않았다.

'이렇게 가벼운 인간이… 샘프라스를 이긴다고?'

영석이 봤던 '사핀 VS 샘프라스 하이라이트 영상'에서 사핀은 샘프라스를 압도하는 모습을 보였다. 온전하고 완전한 집중, 머리는 차갑고 몸은 뜨겁게 서서히 스스로를 고양시켜 화려한 퍼포먼스를 선보여 우승을 차지했었다.

'아마 오늘 집중하는 척했어도 완전하진 않았겠지.'

사핀 같은 타입은 스스로가 아무리 노력해도 '큰 무대'가 아니고선 본인의 능력을 다 발휘하지 못한다. 연습이 아니라 정식 시합이었으면 아마도 3 : 0 패배를 당했을 거다. 영석은 스스로를 믿지만, 오만하진 않았다.

"영석아~!"

진희가 관중석에서 훌쩍(?) 뛰어내려 도도도 달려왔다.

"다치면 어쩌려고!!!"

영석이 화들짝 놀라서 나무랐지만, 진희는 깨끗이 무시하고 수건을 들어 영석의 온몸을 닦아줬다.

"감기 들어. 자, 팔 넣어."

능숙하게 땀을 닦아내고 티셔츠를 꺼내서 영석이 입기 편하게 옷을 대었다.

"우리 엄마도 안 하는 걸……."

구시렁거린 영석이지만, 시키는 대로 얌전히 옷을 받아 입었다. 진희의 표정에서 심상치 않은 기색을 읽은 것이다.

진희는 영석과 사핀을 쳐다보았다. 옷을 입고 있는, 하얗게 질린 영석의 몸과 달리 사핀의 훤히 노출된 상반신은 여전히 붉은 기운이 맴돌았다.

*　　　　*　　　　*

아카데미로 돌아오자 샘이 연락을 해왔다.

사핀과의 연습에 같이 가고자 한 샘이지만, 일정에 치여 못 가고 아카데미에 남았었다.

"한국에서 전화 왔었어. 일전에 계약 얘기 했던, 그 은행 대표가 연락 남겨놨어."

"아, 그래? 근데 나보다 샘 표정이 더 좋은 거 같아? 연습 경기 결과는 안 물어보는 거야?"

샘이 건네는 쪽지를 받으며 영석이 조금은 짓궂게 말했다.

"난 네가 요만할 때부터 너의 팬이었어. 시합은… 이기기 힘들었겠지. 지금 사핀은 떠오르는 최고의 선수니까."

샘이 자신의 허리춤 근처에 손을 휘저으며 능청을 떨었다.

"아, 그리고 난 진희 네 팬이기도 해. 너희의 사인을 받으려고 새 라켓까지 두 자루 샀다니까?"

그 말에 가만히 있던 진희도 실소를 터뜨렸다.

"아무튼, 좋은 결과 있길 바랄게."

말을 남기고 휘적휘적 다시 사무실로 돌아가는 샘에게서 시선을 거둔 영석이 진희에게 말했다.

"전화하러 갈까?"

"그래."

*　　　*　　　*

—여보세요?

"네, 저 이영석입니다. 연락 남기셨단 얘기 듣고 전화드렸습니다."

영석이 차분한 톤으로 예의와 교양이 가득한 어조의 말을 뱉었다. 옆에 있던 진희가 인상을 팍 찌푸릴 정도로 말이다.

—아, 아! 영석 군이군요. 반갑습니다. 한신은행 대표를 맡고 있는 김용서라고 합니다. 반갑습니다. 박 기자에게 말씀 많이 들었습니다.

수화기 너머로 기쁨에 가득 찬, 설레서 어쩔 줄 모르는 목소리가 전해져 왔다. 의외로 젊은 목소리였다. 영석은 김용서의 반응에 기분이 좋아졌다.

"저도 반갑습니다, 김 대표님. 그런데 바쁘실 텐데 어쩐 일로……."

—아, 다름이 아니라 계약 건으로 연락드렸습니다. 사실상 금융기관과 선수 개인이 일대일 계약을 하게 되는 거라… 조금 반대가 많네요. 새끼들이 까라면 까지 꼭 말이 많아…….

"네?"

제정신이 아니었는지, 김 대표는 중얼거리는 말 전부를 영석에게 들려주고 말았다.

─죄, 죄송합니다. 이거 통과시킨다고 직접 PPT 만드느라 밤을 새웠더니… 제가 조금 정신이 없네요.

"아, 네. 괜찮습니다. 그런데, 반대라면… 어떤 부분을 반대한다는 거죠?"

─우선 제가 영석 군에게 제시할 계약 내용의 골자는 이렇습니다. 따로 연봉이나 계약금을 지급하지 않는 대신, 투어에 소요되는 비용 일체를 저희가 부담하는 겁니다. 쉽게 말하자면, 비행기 티켓, 숙박, 음식… 스태프의 연봉까지 말이죠. 거기에 대회에서 우승이나 준우승을 하게 될 경우, 선수 본인이 상금을 다 갖는 건 물론이고 거기에 저희가 축하금을 마련해 드릴 예정입니다. 물론, 대회의 등급에 따라 축하금은 다르지요. 저희의 조건은 모자와 옷에 한신은행 마크를 다는 것과 비시즌 때의 CF 출연입니다. 물론, CF 출연은 개런티를 지급합니다.

꽤나 길게 느껴질 정도로 김 대표는 말을 늘어놓았다.

'괜찮군. 나쁘진 않지만 그렇다고 크게 훌륭하지도 않아.'

영석이 전생에서 처음으로 올림픽 우승을 거머쥐었을 때의 계약 내용과 흡사했다. 사실 지금 영석과 진희에게 이 정도의 계약은 복권 당첨과도 같았지만, 영석은 결코 들뜨는 법이 없었다.

"근거가 부족하네요."

─네?

영석의 단호한 말에 김 대표는 의아해했다.

"대표님이 임원들 및 주주들을 설득할 근거 말입니다. 그게 부족합니다. 계약 내용을 듣고 있는 저조차도 어안이 벙벙한데… 다른 사람들은 어떻겠습니까? 아니, 저는 대표님이 이렇게 파격적인 계약을 제시하는 이유도 모르겠습니다."

조금 딱딱하게 느껴질 정도로 영석은 말을 뱉었다.

수화기 너머로 픽— 실소를 머금은 소리가 들려왔다.

—영석 군. 사람은 말이에요… 자신이 이루지 못한 걸 남에게서 찾는 경우가 왕왕 있죠. 저 또한 그렇습니다. 영석 군이 성공하기를 바라는 마음이 커요. 테니스를 너무나 사랑하는 동호인이 마침 기업인이었다… 라는 걸로 이해하실 수는 없을까요?

착 가라앉은 김 대표의 어조는 어딘지 모르게 허황되고 몽환적이었다.

"저와 진희의 어떤 면을 보고 결정하셨는지 모르겠습니다. 이유를 모르고 받는 호의만큼 두려운 것도 없다고 생각합니다."

—하하! 영석 군은 들은 대로 참으로 어른스럽네요. 알겠습니다. 이유를 말씀드리겠습니다.

계약과 관련된 전화라는 걸 인식한 것인지, 주변엔 꽤나 사람이 많았지만 모두 입을 다물고 조용히 해주었다. 그래서 영석의 옆에 바싹 붙은 진희도 김용서의 말을 들을 수 있었다.

—우선, 박 기자에게 영상을 받았습니다. 두 분 모두의 브레이든턴 오픈 대회 영상 말이죠. 두 분 다 미래가 유망하다는 걸

한눈에 알 수 있었습니다. 저도 테니스에 십 년 가까이 미쳐 살았거든요. 영석 군도 탁월하지만, 현재 남자 테니스계는 너무나 우수한 인재들이 많습니다. 그래서 사실 어느 정도로 성취를 낼지 감이 안 잡힙니다. 진희 양의 능력은… 영석 군에 조금 못 미치지만, 여자 테니스계에선 독보적인 기량을 선보일 가능성이 크다고 봅니다. 힘과 기술을 일정 수준 이상으로 겸비하기는 어렵거든요.

듣고 있는 영석은 고개를 끄덕이며 김용서의 의견을 일정 부분 긍정했다.

—거기에 덧붙여, 실례가 될 수 있는 일이지만 제가 친분이 있는 실업팀 감독들을 몇 명 불러서 두 분의 영상을 보여줬습니다. 프로인 그들은 어떻게 생각할까 해서요. 대답은 '가망이 있다', '키워야 한다', '잘 모르겠다'였습니다. 확신까진 아니어도, 저는 만족하고 일을 추진하려고 한 겁니다. 지금 말씀드린 부분이 가장 큰 이유입니다.

"음, 그리고요? 또 있을 것 같은데요?"

영석이 묻자 역시나 웃음을 터뜨린 김용서는 계속해서 말해 줬다.

—알고 보니 영석 군과 영석 군의 부모님이 제 후배더라고요. 특히 부모님 되시는 분들은 일반적인 후배가 아니죠. 일곱 학번 정도 차이가 나서 그리 친하진 않지만, 같은 동아리 소속이었습니다.

"네?"

영석이 어이없다는 듯 목소리를 키웠다.

'학연? 그걸로 이런 계약을 한다고?'

김용서는 약간은 민망한지 헛기침을 하고 변명하듯 빠르게 말했다.

─영석 군에겐 굉장히 비합리적이고 사회를 좀먹는 악습, 폐단이라고 여겨질지도 모르겠습니다만… 저희에겐 굉장히 '의미 있는' 일입니다. 그리고 저는 이제껏 결코 손해 보는 일은 해본 적이 없습니다. 그래요, 학연이니 이런 걸 떠나 저는 저 자신의 판단력을 믿습니다. 이 계약이 반드시 두 분과 저에게 이득이 될 거라는 판단 말이죠.

"……."

뭐라고 해야 할까, 선수를 서포트해 주겠다는 본인이 저렇게 확신에 가득 차 있으니, 영석은 김용서의 빈약한 논리, 근거 없는 자신감에 대응할 수가 없었다. 그래서 침묵으로 답했다. 김용서는 그런 영석의 반응에 자신 역시 침묵으로 기다려 줬다. 이윽고 영석의 입을 비집고 희미한 말이 삐져나왔다.

"알겠습니다. 김 대표님이 스스로에게 보내는 그 신뢰를 믿어보겠습니다. 딱히 제가 손해 보는 것도 아니고 말이죠. 그리고… 우선 실적을 제시하겠습니다."

─실적이요?

"네, 곧 US 오픈이 열립니다. 저랑 진희 모두 주니어 부문에 참가하려고 합니다. 그리고 내년에 있을 호주 오픈, 롤랑가로스, 윔블던 주니어까지 모두요."

—…….

영석의 폭탄선언에 김용서는 물론이고, 진희까지 당황했는지 숨 막히는 정적이 흘렀다.

"감히 제가 호언장담을 하진 않겠지만… 대표님이 자신 있게 밀어붙일 만큼의 근거는 저희 스스로 마련하겠습니다."

—하하하하!!

돌연 수화기 너머에서 호탕한 웃음이 쏟아져 나왔다.

—영석 군은 역시 박 기자가 반할 만한 선수네요. 꼭 직접 뵙고 얘기를 나누고 싶네요. 알겠습니다. 힘내시길 바랍니다.

*　　　　*　　　　*

통화가 끝나고 밖으로 나오며 영석이 진희에게 갑작스러운 사과를 했다.

"미안해."

"응? 엥?"

진희는 영문을 모르겠다는 듯, 괴성으로 답했다.

"합의하지도 않았는데 내 의지가 마치 진희의 의지인 것처럼 행세해서 미안하다는 거야."

"꽈하!"

진희가 크게 웃었다. 그리고 영석의 등을 쓰다듬어 주었다.

"됐네요, 이 양반아. 언제는 안 그랬어? 다만⋯ 지금부터는 조심해. 이제 지지 않을 거야."

진희의 의지가 선명하게 넘실거리며 영석을 강타했다.

맥락도 없이 상황에 전혀 맞지 않는 진희의 의지는 영석을 멍하게 만들었다. 일종의 그로기 상태인 것이다.

"응?"

영석이 할 수 있는 건, 멍청하게 되묻는 것뿐이었다.

"연습 시합에서⋯ 넌 또 발전했어. 난 다시 네 등을 보고만 있어야 하게 된 거야."

'아⋯⋯.'

영석은 무거운 진희의 말에 이 대화가 예전에 이유리 코치 앞에서 나눴던 말의 연장에 있음을 알게 됐다.

'내가 그때 뭐라고 했었지⋯⋯?'

짧은 시간에 생각해 내야 한다는 위기의식이 생겼다.

하지만 원체 앞뒤 없는 이상한 말을 내뱉었었기 때문에 뭘 어떻게 대답해야 할지 모르겠는 영석은 진희의 의지에 화답을 하기 위해 얼른 입을 열었다.

"굳이 우리 둘 사이에 앞이니 뒤니⋯⋯."

"아니!"

진희가 굉장히 단호하게 영석의 말을 잘랐다.

진희 평생에 이토록 영석에게 큰 소리를 친 경우는 없을 거다. 이만한 무례 또한 이번이 처음이다. 그만큼 진희에겐 자신의 다짐을 전하는 이 순간이 굉장히 중요한 것이다. 그 사실을 캐치한 영석은 식은땀을 흘렸다.

'얼마 전엔 고백… 더 예전엔 대회 나가기 전의 다짐… 이 저녁 시간이 진희와 나의 대화 시간이 되어버렸구나.'

아마 진희가 나이가 먹어감에 따라 마땅히 겪어야 할 사고의 정립(定立) 과정을 거치는 것이라고 짐작한 영석은 당황한 와중에도 분석하느라 정신이 없었다.

'지금까지… 내가 잘못했었군. 한 인간의 주체성을 뭉그러뜨리며 살아온 건가. 내 온갖 호의와 노력 모두… 내 기대만큼의 가치를 가지지 못하겠군.'

침묵으로 일관하는 영석을 바라보는 진희의 서늘한 눈빛엔 사람을 기죽게 하는 무엇인가가 있었다. 진희가 눈으로 '생각하지 마, 머리 굴리지 마!'라는 의지를 보내고 있다는 망상이 들 정도로 영석은 기가 죽었다. 진희는 부모님과는 다른 의미의 '유일무이한 존재'다. 그가 진희의 말에 꿈벅 죽는 것에는 그런 이유가 있었다.

진희는 단호한 어조로 이어 말했다.

"나는 영석이 네가 좋아. 너무너무 좋아서 미쳐 버릴 것 같아. 아마 네가 없으면 살 의지조차 사라져 버릴 정도로, 나도 사라져 버릴 정도로 말이야."

과격한 진희의 말은 거침없이 영석의 심장을 후벼 팠다.

진희의 열변(?)은 계속됐다.

"하지만 널 좋아하는 만큼, 난 너와 동등해지고 싶어."

"한 번도 동등하지 않았던 적……."

"아니! 그건 영석이 네가 날 아껴서 그런 거야. 나, 난 계속 응석부리면서… 생각하는 것도 포기하고! 그냥 네가 하는 대로!
…흑……!"

진희는 말을 하다 말고 스스로 격양됨을 이기지 못하며 눈물을 글썽거렸다.

화들짝 놀란 영석이 어찌할 바를 모르고 발을 동동거렸다. 그 모습이 썩 웃겼는지 진희가 눈가를 가볍게 훔고 웃음을 띠웠다.

"난 지금부터 너와 동등한 경치를 바라볼 거야. 이게 이번에 네 연습 경기를 보며 결심한 나의 의지야. 온전한 나의 의지."

영석은 눈을 반쯤 뜨며 몸을 일으켰다. 알람 시계 없이 아침을 맞이하는 건 이미 익숙하다. 특히 오늘같이 중요한 날이라면 더더욱.

"우리가 아직 한�
 한 편 같이 않아."

진희는 그때의 열변 만에 바랐으리도 오늘 보다 점잖은 누그러짐에 속면 시각을 하나처럼, 그 말을 의도로 생각는 법을 보냈다.

"진희야." 영석 때거늘

잠시 눈을 감고 숨을 삼고 온 영석이 엄마의 미소를 띠우며

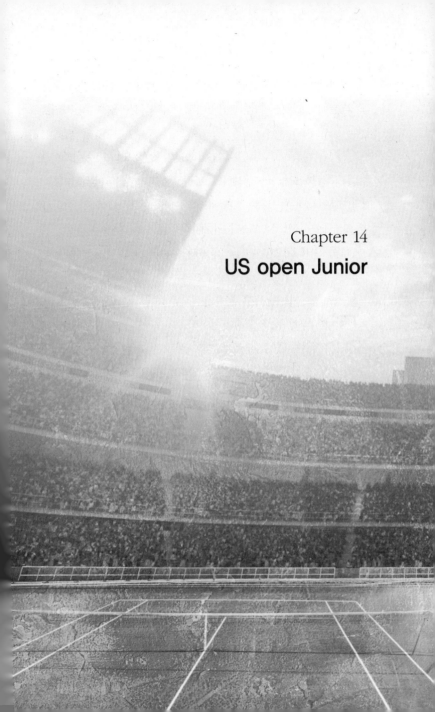

Chapter 14

US open Junior

그 후로 이틀이 지났다.

며칠을 간격으로 쏟아진 진희의 폭탄선언들로 인해 영석은 나름대로 상당한 두통에 시달렸다.

'지친다, 지쳐……'

영석을 졸졸 따라다니는 행동에 어떤 '의미'나 '필요'가 없는 한은 조금씩 주체적으로 움직이겠다는 진희를 영석은 말릴 수가 없었다.

"샘~ 있어?"

걸음의 종착지인 사무실 문을 벌컥 열어젖히고 영석이 나른하게 외쳤다.

나긋나긋하고 명료한 샘의 말이 영석을 반겼다.

"너희 싸웠어? 왜 따로따로 와? 진희도 방금 왔다 갔는데……"

"안 싸웠어. 진희가 이제 자립(自立)하려나 봐."

영석이 어깨를 으쓱이며 너스레를 떨자 샘이 진지하게 답했다.

"좋은 현상이야. 테니스 선수로서의 진희도 분명 유망하고 능력이 있는 게 분명하니까… 너희가 아무리 원해도 늘 같이 다닐 수는 없어. 투어 일정도 다르게 잡힐 가능성이 농후하니까."

구구절절 옳은 말에 영석은 복잡한 마음을 가라앉히려 노력했다.

'어느 날 갑자기 찾아온… 독립인가?'

샘이 분위기를 전환시킬 겸 짐짓 밝은 어조로 영석에게 질문했다.

"메이저 대회 주니어 참가 가능 여부를 물으러 온 거지?"

"응. 그런데 샘… 나랑 진희는 퓨처스라고 해도 엄연히 프로로 데뷔한 거 아닌가? 주니어 대회에 참가할 수 있으려나?"

영석의 질문에 샘이 멀뚱히 눈을 마주치며 입을 열었다.

"영석, 너랑 진희는 어려. 비성인이라고. 안 될 게 뭐야?"

영석이 피식 웃었다.

"그렇지. 아무튼 곧 있을 US 오픈이랑… 내년의 호주 오픈, 롤랑가로스, 윔블던까지… 참가할 수 있겠지?"

"아까 진희가 물어볼 때도 똑같은 대답을 했는데… 다 가능해. 그런데 군이 주니어를 그렇게 연달아 참가할 필요 있나? 주니어 우승보다 ATP250이 나을 수도 있어, 경험 삼아 너희 아시아에서 열리는 ATP500도 참가할 수 있고. 도쿄나 상하이… 같은 대회 말이야."

샘의 말은 틀린 구석이 없다.

주니어 대회를 우습게 볼 필요는 없지만, 바로 프로로 살아가도 된다.

하지만 영석은 의외로 단호하게 말했다.

"샘, 우리나라에선 이슈의 크기가 달라. 우리 같은 전문가야 프로로 넘어가서 먹히는 걸 확인했으면, 프로로 살아가는 것에 일말의 비합리도 느끼지 않겠지만, 일반적인 사람들은 다르다고. 사실 다른 메이저 대회도 필요 없어. 윔블던이 아니면 무슨 대회가 있는지도 모르는 게 태반이니까."

"그래?"

샘은 어리둥절하다는 듯 물었다.

"응. 뉴스에 나오고 신문에도 나오고 난리법석일 거야. 아마 우리나라에선 '윔블던 주니어 우승'이라는 커리어 하나로 평생을 벌어먹고 살 수 있을걸? 특히 진희는 여자고, 예쁘니까… 더더욱 살아가기 편할 거야. 실업팀에 바로 입단할 가능성도 커지고……."

"영석, 계약을 위한 거라면, 우리 아카데미에 접촉한 여러 조건 중 하나를 골라도 되는 일이야."

샘은 진희에게 이미 말을 들은 듯, 계약을 언급했다.

"음, 나도 생각 안 해본 건 아닌데… 진희와 나 정도의 보잘것 없는 커리어에 그 정도로 투자해 주는 스폰서도 없을걸?"

"…그건 그렇지."

영석은 두통이 도지는 듯 관자놀이를 꾹꾹 지압하며 대화의 마무리를 향한 말을 던졌다.

"그런 의미에서 앞으로 1년간은 한국에 돌아가지 않을 거야. 아카데미를 거점으로 움직여 볼 생각이니까… 뭐라고 해야 하나, 체류 연장? 필요한 절차랑 비용 같은 거 정리해 줄 수 있어?"

샘이 피식 웃었다.

"아카데미의 법무팀이 가장 좋아하는 학생이 영석, 너야."

"응? 뜬금없이 왜?"

"네 부모님은 법조인이고, 영어도 잘해서 아주 말이 잘 통하거든."

샘이 씨익 웃었다.

*　　　*　　　*

"엄마, 연락 남기셨다고요?"

─네, 아드님. 쇤네가 연락을 남겼습죠.

모친의 말에 영석은 쓴웃음을 지었다.

"계약 내용은 들으셨어요? 한신은행… 인가, 대표랑 전화도 했었는데……."

—응. 선배라더라. OB전에서 본 거 같기도 하고… 어디 아마추어 대회에서 본 거 같기도 하고… 우리도 연락했었다. 조건은 나쁜 거 같진 않던데… 어때?

"좋죠. 테니스 선수한테 그 이상의 계약이 필요한가요, 뭐. 로고 한두 개 옷이나 모자에 넣는 것치곤 좋은 조건인 거 같아요."

—음음, 우리 세자는 말이 잘 통해서 이럴 땐 좋단 말이야. 귀여운 맛은 없지만…….

"…아참, 아카데미 법무팀이랑은 연락해 보셨어요?"

영석은 난처한 마음에 말을 돌려 대화를 빠르게 진행시켰다.

—응, 그 부분은 얘기 끝냈어. 걱정 말고 다 박살 내고 와. 결승전 되면 알아서 우리가 찾아갈 테니 걱정 말고. 저번에 브레이든턴? 그때 영애가 못 갔다고 얼마나 아쉬워하는지… 우리 집에 와서 술 마시고 주정 부리고 갔어. 섭섭하다고……. 지가 바빠서 못 온 거지, 누가 오지 말라 했나? 참나…….

"이모도 보고 싶네요."

영석이 흰 가운을 펄럭이는 영애를 떠올렸다.

주니어용 라켓은 이제 사용하지는 않아도 아직도 영석의 가장 소중한 물건 1호다.

모친과 이런저런 얘기를 나눈 영석은 통화를 끊고 밖을 거닐었다.

'혼자 이 시간에 걷는구나. 몇 년 만이지?'

조잘거리는 진희는 지금쯤 자신의 미래에 온전한 몰두를 하고 있을 거다. 식사 시간을 제외하면 영석과 마주할 시간이 거의 없었다.

'영어도 제법 늘었으니……'

나름 유창해진 진희는 본인의 문제점과 개선 방안을 스스로 탐구하기 위해 코치들과 이런저런 얘기도 나누고, 훈련도 자기 주도적으로 시도하고 있었다. 조금 서운하고 허전한 영석이었지만, 진희가 올바르게 정진하고 있다는 걸 알기에 딱히 겉으로 표현하지는 않았다.

'내 문제도 시급해……. US 오픈… 이라.'

사실 영석은 전생에도 '숱하게' 메이저 대회를 참가했었다.

1년에 총 4개의 대회가 열리는 메이저 대회에는 압도적으로 규모가 큰 만큼, '휠체어 부문'도 존재했기 때문이다. 10년에 가까운 선수 생활 중 영석은 무려 스무 번의 메이저 우승컵을 차지했었다. 일정에 못 맞춰 참가하지 못한 두 번을 제외하고 총 서른여덟 번의 메이저 대회가 열렸었고, 그중 스무 번을 우승한 것이다.

'우승컵이 너무 많았었지.'

1년에 총 4개가 열리지만, 메이저 대회—호주 오픈, 프랑스 오픈(롤랑가로스), 전영 오픈(윔블던), 전미 오픈(US 오픈)은 올림픽 이상의 가치를 가진다. 선수 생활 중 이 대회를 한 번씩만 우승해도 '커리어 그랜드슬램(Career Grand Slam)'이라는 칭호가 붙는다. 1년 안에 이 네 대회를 다 우승하게 되면 '캘린더 그랜드슬램(Calendar Year Grand Slam)'이라고 한다.

영석은 '캘린더 그랜드슬램' 2회에 빛나는 역사적인 선수였다. 400주 가까이 세계 랭킹 1위를 차지했었고 말이다. 오죽했으면 메달만 방에 전시했었고, 우승컵은 따로 창고를 얻어 그곳에 보관했었을까.

즉, 휠체어냐 아니냐를 떠나 '테니스'라는 종목 전체에서 전무후무한 기록을 가진, 세계 최고의 선수였던 것이다.

"장애인이었지만… 큭."

자조적으로 중얼거린 영석이 쓰게 웃었다.

어마어마한 세기의 대천재였지만, 그의 세계는 좁았다.

대부분의 사람이 우러러봤었지만, 영석 스스로는 만족하지 못했다.

"시시했어."

그게 영석이 회귀 후에도 테니스에 도전하는 가장 큰 이유다.

온전히 모든 것을 쏟아내어 상대방과 겨루고 싶다, '역량'의 바닥을 모두 드러내고 싶다, 자신의 한계를 마주하고 싶다…….

이게 영석을 움직이는 원동력이 된 것이다.

　　　　*　　　　　*　　　　　*

"일정이 타이트해."

샘은 영석과 진희를 불러서 설명을 시작했다.

"US 오픈은 미국의 노동절 전후에 약 2주간에 걸쳐 진행돼. 지금이 7월 중순이니까… 한 달도 안 남은 셈이야. 바쁘게 움직여야 해."

샘은 꽤나 진중했다.

"체류 기간은 대회 기간인 2주를 포함해서 약 한 달로 잡고 있어. 뉴욕 퀸즈(Queens)의 플러싱 메도스—코로나 파크(Flushing Meadows—Corona Park)에서 열리니까, 그 근처에서 머물 계획이야."

"늦지 않았을까?"

영석이 물었다.

테니스 선수 한 명에 딸린 스태프의 인원만 해도 어마어마하다. 더욱이 메이저 대회인 US 오픈이다. 미리미리 준비하지 않았다면, 괜찮은 장소는 이미 꽉 찼을 거다.

하지만 샘은 자신만만하게 웃었다.

"영석, 우리 아카데미는 전 세계에서 가장 선진화된 시스템을 구축하고자 노력하는 곳이야. 영석의 생각보다 훨씬 대단한 곳이라고. 올해는 공교롭게도 출전할 아카데미생이 없어서 미리 준비를 못 했지만… 뉴욕에서 너희 둘이 지낼 만한 곳은 언제든 준비할 수 있어. 믿어봐."

"믿지. 믿으니까 맡기지."

영석이 씨익 웃으며 답했다. 샘도 마주 웃어 보이곤 다시 설명을 이었다.

"조금 무리일 수도 있겠지만, 너희의 바이오리듬을 대회 당일에 최고조에 이르도록 맞추자. 훈련은 컨디션을 좌우할 정도로 진행하지 않을 거야. 도핑테스트도 있을 테니, 먹는 것도 따로 관리할 예정이야. 코치들을 붙여줄 테니까, 뉴욕에 도착하는 대로 훈련을 진행하자."

"알았어."

샘은 마지막으로 조언했다.

"예선을 거쳐서 32강부터 시작하니까 컨디션 관리를 잘해야 될 거야."

긴장된 얼굴로 영석과 진희가 고개를 끄덕였다.

*   *   *

뉴욕에는 공항이 두 개 있다.

JFK(존에프케네디)공항과, LGA(라구아디아)공항이 바로 그것이다.

많은 사람이 JFK를 애용하지만, 영석과 진희 일행은 LGA에 내렸다.

US 오픈이 열리는 퀸즈, 그 퀸즈를 가려면 LGA에 내리는 게 더 빠르기 때문이다.

"졸립다아아아아아아."

진희가 영석의 팔을 안고 영석의 어깨에 기대며 말했다.

"진희 넌 비행기만 타면 잘 자는구나."

영석이 쓰게 웃으며 진희의 머리를 쓰다듬었다.

독립선언(?)을 한 후에도 진희는 영석과의 스킨십만큼은 적극적이었다.

영석이 일행을 둘러봤다.

아카데미에선 영석과 진희의 투어에 총 열다섯 명을 붙였다. 개중엔 샘도 있었다.

"숙소는 어디야?"

영석의 말에 샘이 핸드폰을 열어 어디론가 전화를 하자, 작은 버스 한 대가 조용히 다가왔다.

"타자, 대회장 근처에 잡아놨으니까 금방 갈 거야."

샘의 장담대로 숙박 시설은 나름대로 괜찮았다.

선수인 영석과 진희는 1인실 두 개를 각자 빌렸고, 남은 인원 모두는 3, 4인 방에서 묵을 예정이라 했다.

"배고프진 않아?"

샘이 짐을 옮기며 영석과 진희에게 물었다.

"난 잘래에에에."

진희가 영석 대신 늘어지는 대답을 했다. 샘과 영석 모두 너 털웃음을 지었다.

영석은 부모님과 영태, 유리 코치에게 받은 시계를 슬쩍 보곤 진희에게 타이르듯 말했다.

"아직 잘 시간 아니야. 저녁 먹어야 하니까 정리하고 내려와. 괜히 일찍 잤다가 수면으로 컨디션 꼬이면 어떻게 해."

"알았습니다, 서방니이이임."

진희가 한국말로 대답하며 영석을 놀리곤, 짐을 정리하러 올라갔다.

그런 진희의 뒷모습을 보며 영석이 중얼거렸다.

"쟤는 왜 자꾸 우리 엄마 닮아가는 거야?"

*　　　*　　　*

날씨도 제법 화창했고, 태양빛이 연두색 코트 면을 뜨겁게 달구고 있었다. 하지만 하늘엔 먹구름도 제법 심상찮게 껴 있어서 더우면서 서늘한, 묘한 긴장감을 불러일으키는 날씨가 영석의 시계(視界)에 가득 잡혔다.

'연두색이었구나……'

센터 코트를 심유한 눈으로 바라본 영석이 조용히 상념에 빠졌다.

전생에선 파란색 코트로 알고 있었는데, 아마 2000년이 지나야 바뀔 건가 보다고 생각했다.

'그러고 보니 사핀 VS 샘프라스 하이라이트 영상엔 코트가 연두색이었지……'

새삼 사핀과의 연습 경기를 떠올려 본 영석이다.

'아직, 아직이야……'

전생엔 누구와 경기를 해도 만족하지 못했다.

너무나 쉽게 이기고, 너무나 쉽게 우승하고… 차라리 비행기를 타고 이동하는 과정이 장애인인 영석에게 시합보다 더 힘든 일이었다.

"후우……."

마치 담배를 피우듯, 습관적으로 전생의 기억을 떠올리게 되는 영석이다.

그 음울함과 답답함이 떠오르면 떠오를수록, 회귀한 지금의 자신에게 동기부여가 된다. '더 잘하자. 난 이번에야말로 진정으로 온 세계를 발아래 둘 거다'라고, 마치 끊을 수 없는 마약처럼…….

어두운 기분이 영석의 마음과 정신을 지나 몸을 잠식해 갈 때, 누군가가 영석의 세계에 침범했다.

와락.

누군가가 기습적으로 포옹을 해왔다.

"뭐 해? 연습하러 안 가?"

일부러 그런 건지, 자연스러운 건지, 영석의 귓가에 울리는 목소리가 너무 가까웠다. 마치 거대한 종이 청명한 소리를 내며 울려 퍼지듯, 고운 음색이 영석의 온 정신을 강타했다.

순식간에 영석의 세계는 철저할 정도로 박살 났다. 마치 유리의 파편처럼 어두운 기운들이 처참하게 쪼개져 허공으로 흩날려 사라져 갔다. 영석의 입가에 아름다운 곡선이 자리 잡는다. 웃음이었다.

"이 녀석아… 놀란다니까. 나 심장 안 좋아져."

영석이 손을 들어 앞으로 뻗어 나온 손을 붙잡고는 다정하게 말했다.

기습 허그의 주인, 진희가 고개를 빼꼼 내밀어 영석에게 속삭이듯 말했다.

"우리 영석이, 센터 코트 보면서 마음을 다잡고 있었나? 쿡쿡."

영석이 피식 웃었다.

"그래, 감상에 젖었다 왜. 이리 와."

"꺅!"

영석이 힘을 주어 진희를 끌어 옆에 앉혔다. 그러고는 옆에 앉은 진희의 어깨를 감싸고 나긋하게 말했다.

"이기자, 진희야. 혼자 이기기보다 우리 둘 다 같이 이겨서 승승장구하자."

"하아… 우리 영석이는 왜 이렇게 늘 진지하지 못해서 안달일까. 아주 그냥 틈만 나면 다짐이야. 앞으로 다짐쟁이라고 불러야겠어."

진희가 늘상 늘어놓는 푸념을 늘어놓았다.

'곧 하하 웃으면서 그윽한 눈으로 보겠지.'

이런 상상을 하며 말이다.

하지만 영석은 아무 말 없이 진지하게 진희를 바라봤다.

그 눈길에 내심 놀란 진희는 찬물을 뒤집어쓴 듯 심장이 두 근거리는 걸 느꼈다.

"이겨야 해. 선수는 이기지 못하는 순간 가치가 없어지는 거 야. 특히 이런 큰 무대에서는 더 심각해. 퓨처스나 250, 500에선 질 수도 있어. 그런데 여긴 메이저야. 온 세계의 눈이 집중되어 있는 곳. 물론, 우린 주니어 부문이지만."

"……."

"진희야."

진희가 아무 말 않고 가만히 있자 영석이 진희를 불렀다.

"응?"

"그거 알아? 메이저 대회는 혼복(혼합 복식)도 있어."

"혼복?"

자신을 나무라는 것이 아닌 걸 알았는지, 진희는 조금은 마 음 편하게 영석의 말에 집중하기 시작했다. 이러나저러나 아직 영석에게 의지하는 부분이 크기 때문이다.

"올림픽에도 혼복은 있어. 단식에 비해서 복식이나 혼복에 쏟 아지는 관심도는 거의 없지만… 그래도 있어. 내 말이 무슨 뜻 인 줄 알아?"

"…뭔데?"

"앞으로 넌 나랑 늘 같이 다니지는 못할 거야. 네 말대로 자립해야 하는 순간이 오는 거지. 넌 나에게서, 난 너에게서 자립하는 거야. 그럼에도 불구하고 우리 둘이 같이할 순간은 있어. 혼복이야. 부모님들도 초대하고, 영태 코치님이랑 유리 코치님도 초대해서 관중석에 앉히고 너랑 내가 같은 코트에서 활약할 수 있다는 거야. 근사하지 않아?"

씨익 웃으며 말을 건네는 영석의 모습이 진희의 안구에 깊게 박혔다. 마침 햇빛이 내리쬐어서 조금은 진희에게 눈부시게 다가왔다. 진희는 영석의 모습이 마치 후광 같다고 생각했다.

말이 없는 진희가 영석을 머쓱하게 만들었는지, 영석은 중얼거렸다.

"같은 무대에서, 같은 풍경을 바라보며 살고 싶다며. 그게 꼭 같은 업적을 쌓아야만 이룰 수 있는 건 아니라는 거지. 음… 너한테 말할 땐 항상 내가 말재주가 없다고 생각되네……."

진희는 어렵게 입을 열었다.

"그때… 내, 내가 한 말 신경 쓰고 있던 거야?"

"응? 당연하지. 그러니까… 윽!!"

진희가 과격하게 영석을 안았다.

"고마워."

잔떨림이 느껴지는 게, 우는 것 같기도 하고 감격에 젖은 것 같기도 했다.

"그, 그러니까… 혼복에 참가할 정도로 여유를 가지려면… 앞으로 참가할 주니어 대회들 잘 치르자고. 그 말이 하고 싶었어."

영석이 뭐라 중얼거렸지만 진희는 계속해서 영석의 품에 안겨 있었다.

*   *   *

"파이팅!!!"

관중석에서 진희의 목소리가 높게 올라가 이내 영석의 귀에 꽂혔다.

"후욱, 후욱……."

거친 숨을 몰아쉬는 와중에도 영석은 진희의 목소리만으로 진희가 치른 경기의 승패를 예측했다. 시합에 아무리 집중을 해도 특별한 사람의 목소리는 선명하게 들리는 것이 영석에겐 퍽 신기한 일이었다. 그 목소리만으로 정황까지 유추된다는 것이 더더욱 신기하고 말이다.

'이겼나 보군.'

통통.

애드 코트에서 서브를 준비하고 있는 영석의 눈에 선명한 집중력의 빛이 넘실거렸다.

"후우."

숨을 내쉬면서 공을 토스한 영석은, 그 공에 시선을 맞춰 따라가기 시작했다.

그리고 그 찰나의 시간 동안 예선전부터 이어져 온, 믿기지 않았던 승리의 연속을 떠올렸다.

"게임 셋, 앤드 매치 원 바이 이영석. 카운트 식스 투(6 : 2), 식스 투(6 : 2)!"

"게임 셋, 앤드 매치 원 바이 이영석……."

"게임 셋, 앤드 매치……."

예선전부터 신기하게 느껴질 정도로 승승장구한 영석과 진희는 처음에 가졌던 부담감을 조금씩 내려놓고 실력을 발휘하게 되었다. 부담감을 내려놓고 시합에 임하니 신기하게도 몸이 더 가벼워져서 쉽게 이기게 되는… 그런 선순환 구조의 승리를 계속해서 이어나가게 된 것이다. 남자 선수는 물론이고, 미래에 대단하게 이름을 떨칠 여자 선수도 대강은 알고 있는 영석의 기억에 단 한 번도 머물지 않았던 선수들만 만났다.

쉬이익.

토스한 공이 정점에 다다르게 되는 시간에 맞춰 등 뒤로 내렸던 영석의 라켓이 공을 향해 발검(拔劍)하듯 매섭게 휘둘러졌다. 공을 베어버리겠다는 듯 묘한 박력이 느껴지는 동작에 코트 주변은 적막으로 가득했다.

부웅.

라켓이 휘둘러지는 반동(反動)을 이용해서 영석이 몸을 띄운다. 꿈틀대는 거력이 온몸으로 느껴진다. 조금의 신경만 써도 끌어 올린 모든 힘이 너무나도 쉽게 영석의 의지를 따른다. 영석은 마치 누가 막대기를 자신의 몸에 대고 주욱 긁어 올리는 것 같은 기분이 들었다. 그만큼 현실적이고, 체감이 크게 되는 힘의 이동이었다.

펑!!!

응축된 힘으로 온전히 서브를 때려 박은 영석은 공이 낙하하는 걸 보기도 전에 공중에 떠 있는 몸을 놀려 엄청난 속도로 네트로 뛰어갔다. 그야말로 신속(神速)의 빠르기다. 숨을 반 모금도 못 쉴 시간에 네트 앞에 당도한 영석은 그 무시무시한 안광으로 상대를 바라봤다.

'미안하지만… 본 적이 없는 선수구나, 너도.'

당초 예상한 대로 영석의 서브는 센터에 꽂혔다. 그리고 상대의 어설픈 리턴 또한 예상한 대로였다.

퉁.

또르르.

영석의 발리로 다시 상대방에게 날아간 공은 순식간에 힘을 잃고 맥없이 코트를 굴렀다. 숨을 한 번 크게 내쉴 시간 만에 이뤄진 일이다.

2세트에 들어 점핑 서브(Jumping serve)를 시작한 이후로 계속해서 반복되는 서브&발리 전략에 상대방은 어떠한 저항도 해보지 못하고 계속해서 실점을 허용했다.

"게임 셋……."

'앤드 매치, 원 바이 이영석.'

심판의 선언을 속으로 따라 읊은 영석이 터벅터벅 걸어오는 상대를 네트에서 기다렸다.

'덥다, 더워. 씻고 싶네.'

상대 선수의 얼굴도, 이름도 아마 3분 후면 잊어버릴 것이다. 그만큼 맥없는 승리였다.

                    *   *   *

시합이 끝나고 멍하니 앉아 있는 영석의 곁으로 진희가 다가왔다.

"가서 안 씻고 뭐 해? 감기 들어."

영석이 공허한 시선을 하늘에 던진 상태로 말했다.

"할 맛이 안 나네. 사편하고 시합한 후라 그런가……."

진희가 기가 차다는 듯 영석의 등짝을 손바닥으로 강하게 쳤다.

짝!

"아악! 왜 때려."

진희가 생글생글 웃으며 답했다. 왜인지 모르게 화가 났다고 느껴지는 건 영석만의 착각일까.

"아주 오만함의 극치를 달리는구나. 응? 여자친구는 한 경기 한 경기가 살 떨려서 죽겠구먼… 뭐? 할 맛이 안 나? 그때 센터 코트를 바라보며 우수에 찬 눈빛으로 잘하자고 다짐한 사람이 누구더라? 응? 어디 사는 어떤 영감탱이가 그런 말로 순진한 처녀의 마음을 울렁이게 했을까?"

영석이 찔끔한 듯 머리를 긁적였다.

진희는 냉큼 영석의 손을 잡아 어딘가로 이끌면서 말했다.

"그것보다 나 괴물 언니 발견했어. 와서 좀 봐봐."

"……."

영석이 맥없이 딸려오자 진희가 슬쩍 영석을 보고 놀라며 말했다.

"아참, 옷은 갈아입어야지!"

진희는 한사코 싫다는 영석의 의지를 사뿐하게 즈려밟으며 옷을 갈아입히고는 다시 어디론가 영석을 끌고 갔다.

*　　*　　*

"아아아악!!!"

"으아아아악!!!"

영석은 관중석에 들어오자마자 귀를 막았다.

"이게 뭔 소리야?"

진희는 엄청난 굉음에도 눈 하나 깜짝하지 않고 코트를 응시했다. 눈에 불길이 자리 잡은 게, 보통 집중하고 있는 게 아니었다. 영석도 코트에 눈을 돌렸다. 그리고 흠칫하며 얼어붙었다.

"흐아아앗!!"

사람의 입에서 나온 소리가 맞는지 정녕 의심되는 우렁찬 포효 소리가 쩌렁쩌렁 코트를 울린다. 검은 동체(動體)가 선명한 근육을 움직여 꿀렁거리며 이동한다. 그 몸이 대기를 가로지를 때마다 묘한 압력이 절로 발생해, 대기조차 겁에 질린 듯 공간 자체가 일렁여 보인다.

거구(巨口)일까, 아니면 필요 이상으로 커 보이는 것일까. 그럼에도 탄력적으로 코트를 이리저리 누빈다. 광장한 속력으로 공을 집어삼킬 듯 달려들어 그 강인한 몸을 이용해 공을 박살 내듯 라켓을 휘두른다. 두꺼운 다리와 두꺼운 허리, 그리고 두꺼운 팔이 놀랍도록 유연하게 거력을 받쳐준다.

우아함 대신 폭력적이라고까지 할 만큼의 철저한 본능이 관중석을 집어삼킬 듯 저릿저릿하게 전해져 온다.

펑!!

찌그러져서 종래엔 한일(一)자로 보인다고 착각될 만큼 가해진 충격이 어마어마한 공은 비명을 지르며 네트를 넘어서 상대방의 코트에 찍힌다.

"컴온!!!"

상대방이 무력하게 받아내지 못하자 흡사 사자의 포효 같은 음성이 엄청난 기백을 타고 울려 퍼진다. 도저히 여자라고는 믿기지 않는 힘과 스피드, 그리고 기백. 영석은 멍하니 흑인 선수를 보며 중얼거렸다.

"윌리엄스……."

영석의 중얼거림을 들었는지 진희가 물어왔다.

"어떻게 알았어? 저 선수가 윌리엄스라는 거."

진희의 물음에도 영석은 묵묵부답, 코트에 자리 잡고 있는 윌리엄스를 바라보고 있었다.

'세레나? 비너스? 누구지?'

젊을 때의 윌리엄스를 보니 자매 중 누구인지 분간이 되지 않은 영석은 전광판을 찾아 시선을 이리저리 돌렸다.

〈S.williams〉

'세레나로군.'

전광판에 버젓이 자리한 이름을 보고 영석이 고개를 끄덕였다.

'이름을 확인하고 보니… 확실히 언니보다 심술 맞은 기색이 확 느껴지는군.'

영석은 코트에서 고개를 돌리지 않은 채, 진희에게 진중한 목소리로 말했다.

"진희야."

"응?"

"잘 봐. 진희 네가 이기고 이기고 또 이기고 마침내 이기고 올라가면… 저 선수가 널 기다릴 거야. 지금부터 최소한 십몇 년은 말이지."

"……."

영석의 장황한 말에 진희가 침묵하다가 되물었다.

"아니, 글쎄 그런 걸 어떻게 알았냐니까?"

"저런 걸 보면 알지."

영석이 세레나 윌리엄스를 손가락으로 가리키며 입을 열었다.

"스읍, 후아악!!"

굉장히 짧은 템포로 서브를 때리는 세레나 윌리엄스는 그 서브를 상대방이 못 받아내고 에이스로 기록되자 포효를 내질렀다.

"서브 속도를 봐."

기자들이 진을 치고 대포 같은 카메라를 제각기 꺼내 든 기자존 근처에 서브의 속도가 적힌, 비교적 작은 전광판이 있었다.

⟨204km/h⟩

"이… 이백사?"

진희가 경악을 금치 못했다는 게 목소리로 나타난다. 한겨울에 밖을 맨몸으로 나선다면 이러한 떨림이 나올까. 말 그대로 '사시나무 떨듯' 진희의 목소리엔 놀람의 감정이 그대로 묻어났다.

'나중엔 210km/h도 넘지.'

영석은 뒷말을 삼키고 골똘히 생각에 잠겼다.

'그러고 보니… 페더러니 나달이니 하면서 내 상대들만 의식하면서 살아왔네. 진희는? 여자 테니스는 누가 어떻게 강세를 보이더라?'

진희는 서브 속도가 적힌 전광판을 본 이후로 세레나 윌리엄스에게서 눈을 떼지 못했다.

'비너스는 2000년대 초반에 한두 번 반짝하고서는 동생에게 힘을 다 준 듯 역량이 떨어졌었고… 샤라포바, 이바노비치, 에냉, 킴 클리스터스… 하……. 진희야말로 큰 적들을 맞이하게 생겼군.'

영석은 세레나에 집중하고 있는 진희의 몸을 머리부터 발끝까지 스캔했다.

'지금 진희는 178㎝, 몸무게는 아마… 50대 후반에서 60대 초반일 거야. 너무 가벼워.'

나 테니스 한다고 광고하지 않는 이상, 백이면 백 연예인이라 믿을 정도로 진희는 가냘프고 여리여리했다. 영석의 눈은 해부하듯 진희의 몸 구석구석을 훑었다.

'다리는… 괜찮아. 빠르고, 지구력도 훌륭하고 순발력도 최상급.'

영석의 시선이 천천히 올라갔다. 누가 보면 영락없는 변태라 여길 정도였지만, 영석의 눈은 진지하기만 했다.

'허리… 너무 얇아. 몸의 뒤에 비해 앞의 근육들이 부족해……. 가슴은 경기에 방해될 정도로 크진 않으니 다행이야.

팔도… 너무 매끈해…….'

영석이 상심한 듯 고개를 숙였다.

'2000년대에 접어들고 여자 테니스엔 '힘=승리'라는 깨지지 않는 공식이 굳건한데… 거기에 세레나는 그 힘을 정교하게 컨트롤할 수 있는 능력이 있어. 어느 누구도 상대가 되지 못할 만해. 세레나가 질 때는… 상대방이 인생을 통틀어 가장 훌륭한 경기를 했을 때와, 세레나의 컨디션이 안 좋을 때… 말곤 없었어. 믿을 건 진희의 발과 천부적이며 압도적인 터치 감각인가…….'

영석은 머릿속에 얼른 코트를 그리고 진희와 세레나를 그렸다.

영석이 기억하는 세레나 윌리엄스의 최고 전성기 시절, 2010년경이다. 진희는 지금 그대로의 능력을 토대로 상상하기 시작했다. 양쪽 모두 경기를 많이 지켜봤기에 가능한 일이다.

'시작하자.'

*　　　*　　　*

눈을 감으니 코트의 메마른 내음까지 완전히 재현되는 듯 생생하게 상상됐다. 체어 엠파이어(심판) 자리에는 영석이 앉아 있었다.

"……."

한편, 진희는 인상을 찌푸리고 심각한 표정으로 눈을 감은 영석을 한참 바라보다가 이내 다시 코트로 고개를 돌려 시합 관전에 집중하기 시작했다.

그렇게 누구의 방해도 받지 않은 채, 영석의 상상 속 시합이 시작됐다.

펑!!

세레나의 강력한 서브가 여리디여린 진희를 향해 날아든다.

200㎞/h라곤 하지만, 남자 테니스의 200㎞/h와는 갖고 있는 위엄이 다르다. 누구나 할 수 있는 것과, 누구도 할 수 없는 것의 차이다.

영석의 상상 속 진희는, 그 서브를 큰 무리 없이 받아낸다. 특유의 재능 넘치는 감각으로 공을 쫓아가 짧고 간결한 스윙으로 상대방의 힘을 이용하는 진희의 리턴은 완벽했다.

길고 깊게 들어가는 교과서적인 리턴에 세레나는 기분이 나쁘다는 듯 얼굴을 구기며 통렬한 포핸드로 응수한다.

조금은 그 기백에 질린 진희가 빠른 발을 이용해 공을 쫓아간다.

다다다.

조금은 영석을 닮은 스텝을 선보이며 한 마리 백조와 같이 우아하게 코트를 누빈다.

'잘한다!!'

상상이었지만, 영석은 크게 고무돼서 진희를 응원했다.

펑!!

깔끔한 스윙을 선보이며 진희는 백핸드로 스트레이트 코스를 노려 세레나를 뛰게 만들고는 네트 앞으로 대시했다. 장기인 발리를 선보일 셈이다.

다다다!

진희의 우아함과 달리 세레나는 직선적이고 우악스럽지만, 굉장히 빠른 발로 공을 쫓아가 러닝 포핸드를 쳤다.

팡!!

강렬한 굉음을 기대했건만, 세레나는 특유의 정교함마저 갖춘 초일류 선수였다. 진희의 발목을 노리고 툭 떨어지는 공을 친 것이다. 이미 네트 앞까지 달려가고 있는 진희가 그 공을 받아내려면 라켓을 땅에 던지듯 바닥에 붙인 상태로 공을 퍼 올릴 수밖에 없다. 하지만 진희는 놀라운 묘기를 선보였다.

'……!!!'

보고 있는 영석은 엠파이어석이 들썩일 정도로 크게 동요했다.

상상 속의 진희는 빠르게 달리던 다리를 멈추고 사이드 스텝으로 살짝 옆으로 비켜서는 공이 바운드되길 기다렸다. 그리고 라이징으로 공을 가볍게 '긁어'버렸다.

툭.

또르르.

힘없이 날아간 공이 세레나의 코트에 떨어져서 기운을 잃고 굴렀다.

세레나가 미친 듯이 돌진했지만, 그 공까지 따라잡기는 무리였다. 누구라도 무리일 것이다. 그 정도로 진희의 샷은 완벽했다. 진희는 늘 그렇듯 누구도 생각하지 못한 타이밍에 상대방의 목숨을 끊어버릴 정도로 치명적인 일격을 보여준다. 그것은 비범한 것이고, 하늘의 재능이다.

'페더러… 페더러야……'

올해의 샷에 나오는 페더러의 천성적인 터치 감각과 진희의 감각은 유사했다.

'내 상상 속 진희의 재능은 페더러만큼이었나……'

영석은 고개를 저었다.

'그럴 리 없다.'

영석이 기억하는 페더러의 경기 모습과 상상 속의 진희가 잠시 겹쳤을 뿐이다.

'이기길 바란다'는 영석의 편파적인 바람 때문일지도 모른다.

상상 속 진희는 자그맣게 승리의 포즈를 취하고 시합을 계속했다.

그리고…….

'1세트를… 이겼어. 저 세레나에게……'

심판석에 앉은 영석은 아연실색(啞然失色)했다.

하지만 진희의 다리에 시선이 가자 고개를 끄덕였다.

허벅지까지 벌겋게 달아오른 진희의 다리는 누가 봐도 기력이 다 떨어진 모습이었다.

세레나의 전술이 빛을 본 것이다.

'좋은 기량, 빠른 발을 가진 선수를… 1세트를 버리고 이리저리 뛰게 만들었군.'

물론 테니스 선수임을 자처하는 이상 1세트를 뛰었다고 금방 지쳐 버리진 않을 것이다.

하지만 상대가 세레나 윌리엄스였다. 그 강력한 공 하나하나를 받아내는 것만으로 온 신경이 녹아내린다. 치명적인 코스로 이리저리 강하게 때린 공을 여자 선수가 계속해서 이겨내기란 요원한 일이었다.

'게임 셋.'

엠파이어 석에 앉은 영석이 시합이 끝났음을 알렸다.

1세트는 6 : 4로 진희가 이겼지만. 2세트 2 : 6, 3세트 1 : 6로 처참하게 진희가 진 것이다.

특히 몸의 기운이 빠지면서 진희의 집중력도 떨어졌는지, 3세트에선 제대로 된 리턴이 나오질 않았다.

"…아!"

그때 상상 속에서 비통함에 빠진 영석을 의식 밖으로 꺼내는 목소리가 들려왔다.

"이영석!!!"

번쩍 눈을 뜬 영석이 벌떡 일어나서 진희 앞에 섰다.

그리고 대뜸 진희의 팔을 잡고 말했다.

"넌 할 수 있어. 이길 수 있어."

"뭘?"

진희가 눈을 끔뻑이며 묻자 영석은 정신을 차리고 답했다.

"…걱정 마. 넌 충분히 최고가 될 재능이 있어."

맥락 없는 영석의 말에도 진희는 나무라지 않고 피식 웃으며 답했다.

"아주 우리 엄마보다 네가 더 날 믿어준다니까? 갑자기 왜 그래?"

진희는 영석에게 폭 안겼다. 그리고 자신보다 키가 큰 영석의 머리를 쓰다듬었다.

*　　　*　　　*

"허… 참."

영석은 네트를 사이에 두고 자신의 눈앞에 서 있는 선수를 보고 피식 웃을 수밖에 없다.

'세레나 다음엔… 너냐, 리샤르 가스케.'

영석보다 조금 작은 키, 영석보다 조금 어려 보이는 얼굴, 하지만 일류 선수에게만 보이는 여유로움과 분위기가 자리 잡고 있었다.

영석의 웃음을 비웃음으로 받아들였는지 눈을 부라리는 게 제법 귀엽게 보였다.

'과거의 유물일까, 미래의 문명일까. 너희들은 나에게 뭘까……'

이미 미래를 알고 있는 영석은 이렇듯 아는 얼굴들이 툭툭 튀어나올 때마다 새삼 깜짝깜짝 놀라며 이들을 정의할 수 있는 구(句)를 만들어내고자 노력했지만, 늘 실패했다.

'리샤르 가스케… 86년생. 어디 보자… 내가 85년생이고, 진희가 84년생이니… 이제 15살이잖아, 이 녀석! 만으로 치면 14살이라고!'

만으로 치면 열다섯인 영석이 가스케의 어린 나이에 감탄하는 모습이 굉장히 웃기다는 건, 애석하게도 아무도 몰랐다.

'프랑스 출신… 음, 또 뭐였지? 한 손 백핸드의 최고(最高)를 논할 때 늘 거론되는 백핸드 장인. 서브는 그럭저럭, 포핸드도 그럭저럭… 센스도 그럭저럭……. 커리어 하이 랭킹이… 아마 7위였지?'

영석이 이렇듯 정보를 줄줄 꿰고 있는 건, 전생에서 랭킹 10위권에 드는 선수들의 신상 정보는 달달 외웠었기 때문이다. 만나서 시합할 수는 없었지만, 영석 혼자 괜한 승부욕에 불타오르던 그때 말이다.

'전형적인 백핸드에 강점을 가지고 있는 선수. 그 점은 나랑 비슷하군… 하지만 발은 내가 더 빠를 게 분명해. 그건 그 누구와 비교해도 자신 있으니까. 가만, 주니어 대회라… 그리고 보니… 1위… 였구나, 이 선수'

가스케는 2002년에 열린 네 개의 메이저 대회 주니어 부문에서 두 번의 우승을 차지하고 주니어 랭킹 1위에 올랐었다. 이 말은, 페더러나 델 포트로 같은 비슷한 나이대의 선수 중에 압도적인 기량을 선보였다는 얘기와 일맥상통한다.

워낙에 기대가 컸었기에, 프로 전향 후 한 번도 메이저 대회 우승컵을 차지하지 못한 게 오히려 신기했던 선수로 많은 이들의 기억에 남았다.

'2년 후에 만났으면 좋았으련만… 지금 만났으니 어쩔 수 없군. 승리를 가져가도록 하마.'

상대 선수가 정점의 기량을 선보일 때 못 만난다는 것이 아쉽다는 듯 혀를 찬 영석의 눈은 승리라는 탐욕스러운 먹이를 앞에 둔 뱀의 기세와 같았다.

*   *   *

"역시, 잘하는군."

영석은 공이 자신을 스쳐 지나가는 걸 무력하게 바라만 보고 있었다.

"아웃!"

라인 심판이 아웃을 선언했고, 가스케는 인상을 찌푸리며 뭐라뭐라 혼자 중얼거리고 있었다. 아마 욕이나 자책… 일 것이다.

영석은 고개를 들어 스코어가 기록된 전광판을 바라봤다. 1세트 현재 5 : 1로 영석이 앞서고 있었다.

"내가 잘한 건 아니지……."

푸념을 늘어놓은 영석은 가스케의 서브를 기다렸다.

"우읍!!"

끓는 소리를 내며 가스케의 서브가 작렬했다.

그냥저냥 무난한 서브가 하필이면 영석의 백핸드 방향으로 꽂혔다.

"후읍!"

펑!!!

슈우우우.

굳이 그럴 필요가 있을까 싶을 정도로 영석의 리턴 스윙은 굉장한 힘이 들어갔다.

'컨트롤할 수 있어.'

상대방의 서브에 담긴 힘과 속력을 감당하지 못할 것 같다는 판단이 생기면 간결하게 공에 라켓을 갖다 댄다는 생각으로 스윙을 하면 된다. 하지만 상대의 서브가 굉장히 만만하다고 생각되면 지금의 영석처럼 '컨트롤 할 수 있는' 한도 내에서 가장 강한 스윙을 하는 것은 꽤나 좋은 전략이다.

쿵.

그럴 리 없겠지만, 공이 바운드되는 장면을 보는 코트 위의 모든 사람은 쿵 소리가 난 것 같다는 착각을 했다. 그 정도로 통렬한 리턴 에이스였다.

영석을 노려보는 가스케의 눈이 심상찮다. 분노와 끝없는 호승심이 자리 잡은 눈빛, 깨어지고 부서지더라도 맞서는 기백이 서려 있었다.

'아까부터 점수 따일 생각만 하는군. 전략이 없어, 전략이.'

영석은 볼 키즈가 던져주는 공을 받으며 1세트의 양상을 떠올렸다.

*　　　*　　　*

경기 초반엔 늘 그렇듯 자신의 몸을 가장 빠르게 끌어 올리는 것과 상대방의 역량을 점검하는 데에 많은 시간이 소요된다. 영석 또한 무난무난한 공을 주며 가스케의 역량을 피부로 느끼기 위해 노력했다. 하지만 가스케는 아니었다.

펑!!

"아웃!!"

펑!

"아웃."

휘두르는 스윙과 샷 하나하나가 모두 일격필살이고 전력이 담긴다.

특히 백핸드는 왜 가스케가 '원 핸드 백핸드의 고수'로 평가받았는지 알 수 있을 정도였다.

도대체가 그 작은 몸에서 어떻게 그런 힘이 나오는지, 10개 중 1, 2개는 영석도 밀리게 되는, 굉장히 수준 높은 공을 쳤다.

'예선부터 지금까지 겪었던 애들하고 비슷해.'

아웃이든 인이든 상관하지 않는 게 아니다.

그저 가장 자신 있고, 가장 치명적인 일격을 위해 온몸을 공에 내던진다. 엄연히 손에 든 라켓을 이용하여 공을 주고받는 경기이건만, 애들과 마주하면 진검을 두고 일합대결을 펼치는 기분이 들었다. 그 정도로 그들은 자신감 있게, 노리는 대로 공을 보내기 위해 온갖 노력을 다했다.

그렇게 노력을 다하면 10개 중에 7, 8개는 이 웃이 되지만, 한두 개는 인간의 몸을 가진 이상 '절대' 받아낼 수 없는 코스로 공을 기가 막히게 쳐낸다.

또 한 가지 특징은, 가스케가 그러했듯 대부분의 어린 선수들은 영석의 백핸드를 두려워하지 않았다.

마치 '당장은 내가 못 받아내지만, 이 경기 내에서 꼭 받아낼 수 있게 될 거다'라고 스스로와 영석에게 강렬하게 도전하듯, 끊임없이 영석의 강점을 향해 공을 헌납했다.

분노일까, 도전 의식일까. 새빨갛게 불타오르는 가스케의 시선을 고요하게 받아들인 영석은 깨닫게 됐다.

'연습을 통해 경기에 임하는 것이 아니라, 시합이 곧 연습인 것이구나. 결과, 즉 성과가 아닌 발전을 원하는 거야.'

애초에 어른의 시각에서 경기를 치르는 영석은 이제는 결코 이해할 수 없는, 일생을 통틀어 불꽃처럼 짧은 기간에만 허용되는 '스스로에 대한 무한한 믿음'이다.

불가능이라는 단어는 아예 인지 자체를 하지 못하고 당연히 모든 것을 해낼 줄 알고, 그렇게 노력할 수 있는 시기. 아는 것보다 모르는 것이 많아 무작정 몸을 던질 수 있는 시기가 바로 주니어 선수들의 특징인 것이다.

그리고 전생에도 뜻있는 지도자들은 서양 아이들의 이런 '의식'을 본받아야 한다고 입에 침이 마르도록 주장하고 다녔다. 아시아에서 세계를 호령하는 프로 선수가 안 나오는 가장 큰 이유라고 말이다.

"그렇다고 해도… 시합은 시합이지."

그 이상한 고양감을 영석은 이제 이해하고 싶어도 이해할 수 없다.

그는 그의 방식대로 시합을 하면 된다.

영석은 눈을 감고 심호흡을 했다.

"후우……."

나락으로 굴러떨어지고 있는 인간이 무저갱을 두 눈으로 확인할 때의 심정이 이러할까, 영석의 심호흡은 듣는 이에게 굉장히 무겁고 괴기스럽게 다가갔다. 짜증과 부러움, 성과에 대한 압박 등… 모든 감정이 토해졌기 때문이다.

"어른으로서 가르쳐 줘야지. 불가능한 것도 있고, 안 되는 것

224 그랜드슬램

도 있다는 걸."

*　　　　*　　　　*

영석의 대학살이 시작됐다.

"피프틴 러브."

서브 에이스.

"서티 러브."

서브&발리.

"포티 러브"

다시 서브 에이스.

"게임 이영석."

스트로크를 굉장히 와이드하게 펼쳐서 가스케가 이리저리 뛰게 만든 영석은 가스케가 곧잘 뛰어다니자 앞뒤로 지독하게 흔들었다. 드롭과 로브, 다시 드롭, 마지막은 패싱샷.

가스케는 털썩 주저앉아 자신의 자리로 돌아가지 못했다.

반면 영석은 땀 한 방울 흘리지 않고 메마른 표정으로 의자에 앉아 차분하게 음료를 조금 마셨다. 그의 시야에 전도가 유망한 가스케는 이미 없었다.

'주니어는 이번 한 번으로 끝내자.'

시합 도중에 이런 발칙한 생각을 하는 영석이었지만, 그는 어서 세계 정상들과 겨루고 싶었다. 이곳에서 아이들의 패기를 받아주기엔 그의 정신은 너무 오래됐고, 낡았다.

순간의 쉬는 시간이 끝나고, 코트 체인지를 한 후에도 영석은 시종일관 가스케를 괴롭히는 데 전념했다.

'이쯤 되면 슬슬 머리를 써서 네가 잘하는 것, 내가 못하는 것을 생각해야지.'

그러나 가스케는 경기 초반과 다름없는 페이스로 라켓을 무자비하게 휘두를 뿐이었다.

"……!!!"

계속해서 일방적인 시간이 흐르고 어느덧 매치포인트를 앞둔 상황에서 이변은 발생했다.

"허, 저게 들어가?"

영석의 입에서 놀란 목소리가 튀어나왔다. 드문 일이다.

가스케는 자신의 포인트였음에도 전혀 기뻐하지 않았다. 그의 시선은 시종일관 영석에게 못 박혀 있었다. 살기, 아이의 투쟁심은 살기가 되어 영석을 압박하려 했다. 초일류 선수에게 보이는 아우라가 가스케의 온몸을 둘러싸고 있다는 착각이 들었다.

"어림없지."

펑!!

"……."

가스케는 멍하니 공에 시선을 뒀다.

"게임 셋, 매치."

심판의 종료 선언이 코트를 달구던 가스케의 기백에 얼음물을 뿌렸다.

영석은 네트 앞까지 걸어와서 멍하니 제자리에 서 있는 가스케를 바라봤다.

'다행히 들어갔군, 그게.'

영석이 게임을 종결한 마지막 서브 에이스는 일전의 점핑 서브다.

점프하는 높이를 철저하게 조절하며 늘린 영석은 어느새 제자리에서 30센티 정도 뛰어서 서브를 치는 지경에 이르렀다.

그 속도는 놀랍게도 시속 190킬로미터, 늘 그저 그랬던 영석의 서브를 생각하면 어마어마한 발전이 아닐 수 없었다.

'의욕은 없는데, 최고의 서브가 들어갔어.'

영석 자신도 자신이 왜 이리 저기압인지 이유를 알 수 없었다.

반짝거리는 순수한 재능을 마주하니 기분이 나빠졌을 수도, 사핀과의 혈전 후에 맥없는 시합이 이어져서일 수도 있다. 결과적으로 가스케는 영석의 화풀이에 일방적으로 당했을 뿐이다.

"헤이!"

기다리다 지친 영석이 가스케를 부르자 가스케가 퍼뜩 정신을 차리고 네트로 다가왔다.

'어디, 패자의 입장이 된 네 눈은 어떤가 보자.'

영석은 물끄러미 가스케의 눈을 봤다.

"……!!"

놀랍게도 가스케는 패배의 고통이나 자책 같은 감정을 품지 않았다.

여전히 시리도록 빛나는 자신감과 투쟁심이 가득 자리하고 있었을 뿐이다.

영석은 피식 웃으며 악수를 청했다.

"네 백핸드, 아주 좋더라."

영석의 공치사에 가스케가 입을 열었다.

"다음엔 이기니까 잘 기다리고 있어. 이름이 뭐라고?"

역시 세계 10위 안에 들 선수는 달라도 뭐가 다르다고 생각한 영석이 고개를 끄덕이며 흔쾌히 대답했다.

"이영석. 잘 기억해. 앞으로 10년은 넘게 네 앞을 가로막을 선수니까."

물론, 뒷말은 서늘하기 그지없었다.

양 선수의 마주 잡은 손에 까드득 하며 엄청난 힘이 들어갔다.

하지만 이 감정이 영석은 썩 괜찮다고 생각했다.

*　　　*　　　*

결승전은 순식간에 다가왔다. 정신 차리고 보니 바로 내일이 결승전이다.

하지만 굵직굵직한 경기가 없어서 그런지 영석은 일정 내내 의욕이 없었다.

'차라리 브레이든턴 오픈이 더 살벌했어.'

이것저것 어깨를 짓눌러 오는 것이 많이 생기면서 영석은 자신도 모르게 심경의 변화를 겪게 됐다. 사실 이때까지 또래 아이들과의 시합이 압도적으로 많았었는데, 영석이 이토록 의욕이 없는 건 말이 안 되는 것이다. 하지만 요 근래 진희의 독립선언과 주니어 메이저 대회에 참가하게 되면서 무심결에 영석 자신과 이들을 구분 지었던 것이다. '어른'과 '아이'로 말이다.

양손으로 얼굴을 짝! 소리 나게 친 영석은 침대에 걸터앉고 있었던 몸을 일으켜 스트레칭을 시작했다.

'그건 그거고, 우승은 해야지.'

똑똑.

"들어와요."

영석의 방문을 열어젖힌 인물은 샘이었다.

"여어, 잠은 잘 잤어?"

"물론, 잘 잤지. 자, 여기."

영석은 책상 위에 놓여 있던 종이 한 장을 샘에게 줬다.

아카데미의 전통, '자가 점검'이었다.

"하하, 굳이 시합 내내 이걸 쓸 필요는 없어. 혼자 생각으로 정리해도 될 일이야. 그게 우리 아카데미의 교육 의도이기도 하고."

영석은 고개를 저었다.

"생각으로 정리하기엔 너무나 중요한 작업이야. 손으로 쓰면서 눈으로 확인해야 그게 authentic이지."

영석이 빙긋 웃으며 말하자, 샘은 머리에 손을 얹고 쓰게 웃었다.

"영석은 나이에 비해 너무나 본격적인 아날로그파구나."

그렇게 말하면서도 샘은 영석이 건넨 종이를 훑어보는 일을 소홀히 하지 않았다.

그리고 영석의 상태를 이해하기 위해 노력했다. 샘은 사무직원이지만 아카데미의 모든 임직원들이 그렇듯, 그도 프로 생활을 했었고 테니스 자체를 누구보다 깊게 이해한다고 자부하는 사람이다. 하지만 자신의 의견을 입 밖으로 꺼내진 않았다. 점검하고 개선하는 건 선수 개인의 몫. 타인의 강요가 이어질 필요는 없다. 영석같이 프로의 문을 열어젖히고 있는 선수에게는 더더욱.

"이것들이… 사람 세워놓고 뭐 하는 거야? 비켜!"

그렇게 아침의 햇살을 맞으며 두 명의 미남자가 화기애애한 대화를 나누고 있는데, 갑자기 뾰족하게 높은 고성이 들렸다. 그리고 샘의 뒤에서 인영이 꼬물꼬물거리며 샘을 밀어내려고 노력했다.

여인의 목소리는 영석에게 결코 낯설지 않았다.

가장 소중한 사람 중 한 명이지만 꽤나 오랜만에 들어본 목소리.

"이모?"

이윽고 샘을 밀어낸 인영이 영석의 시야에 확실하게 들어왔다.

영석의 부모와 같은 연배이지만, 결혼을 안 해서인지 여전히 아가씨 같은 미모를 자랑하는 의사, 최영애였다.

"아이고!! 영석아~!"

아가씨 같은 외모이지만, 말투는 영락없는 아줌마였다.

영석이 햇살같이 포근한 미소를 띠며 영애에게 다가갔다.

Chapter 15

한국인과의 결승

감격적인(?) 상봉이 끝나고 영석은 뒤이어 부모님까지 들어오자 더욱 행복한 미소를 띠었다.

'애들하고 시합한다고 짜증 냈던 내가 애였구나.'

이런 반성이 절로 들 정도로 영석은 부모님과 이모가 너무 반가웠다.

"알아서 간다고 했지? 어차피 내 아들은 결승전 가는 게 당연하니까 아예 몇 주 전부터 휴가 간다고 못 박아놓고 티켓도 끊어놨었지!"

영애와의 폭풍 같은 스킨십(?)이 끝나자 모친이 영석의 얼굴을 쪼물딱거리면서 말했다. 부친은 영석과 눈을 마주하며 말없는 칭찬을 끊임없이 이어갔다.

샘은 한국인들의 놀라운 가족애(愛)에 놀란 듯 뒷걸음을 조금 치며 말했다.

"이, 일단 아침 식사부터 하죠."

벌컥!

샘의 말이 끝나자마자 영석의 방문이 다시 한 번 격렬하게 열리며 일단의 무리가 들이닥쳤다.

"밥 먹자!"

진희와 진희의 부모님이었다.

영석은 급히 일어나 진희의 부모님에게 인사를 했다.

"오셨어요? 힘드셨죠?"

"아이고, 영석아. 우리 진희의 말썽을 다 받아줘서 고맙다. 아주 든든해."

진희의 모친이 영석의 머리를 쓰다듬으며 감사를 표하자 진희가 뾰로통한 얼굴로 말했다.

"내가 언제 말썽 피웠다고……!"

그 정다운 모습을 보며 영석의 부친 이현우가 침대를 한구석으로 밀기 시작했다.

아무리 싱글베드라지만, 중년의 남자 혼자 밀어낸다는 것에 모두 경악을 했다.

하지만 이현우는 개의치 않고 가뿐하게(?) 침대를 옮기고는 아무 말 없이 배낭에서 이것저것 꺼내기 시작했다.

5층 찬합 세 개, 큰 보온병 두 개가 자태를 드러냈다.

"아카데미에 식재료가 많더구나. 새벽에 재밌게 요리했다."

차분한 어조로 말하며 이번엔 탁자 세 개를 혼자 옮겼다. 영석이 후다닥 가서 도왔다.

"방 안에서 먹어도 되는 거예요?"

"딱히 취사를 하거나, 심한 냄새가 나는 음식은 아니니… 양해도 구했다. 아무렴, 일반적인 투숙객이 아닌 선수의 식단은 그들도 거절할 수 없겠지."

영석의 방은 1인실이었지만, 비싼 값을 자랑하는 만큼 이 많은 인원이 밥을 먹기엔 충분했다.

"우와!"

자리가 세팅되고 반찬과 밥이 탁자에 하나둘씩 오르자 진희와 영석은 연신 침을 꼴깍 삼켰다. 구운 삼겹살, 제육볶음, 된장국, 각종 채소 무침까지… 반찬은 화려했다.

"잘 먹겠습니다!"

*　　　　*　　　　*

식사가 끝나고 밖으로 나온 일행은 카페에 들러 후식을 먹고 있었다.

어느새 영어가 유창해진 진희가 앞서서 주문했다. 서로 왕래가 잦았던 만큼 취향은 이미 꿰고 있었기 때문이다.

"영석아, 이거 봐라. 너랑 진희 TV에 나왔다."

영석의 모친이 노트북을 꺼내 펼치면서 말했다.

굉장한 내용을 굉장히 차분하게 말이다.

"TV?"

영석과 진희가 궁금하다는 듯 새끼 새처럼 모니터를 바라보자 피식 웃은 영석의 모친이 영상을 재생했다.

화면에는 KBS 스포츠 뉴스가 나오고 있었다.

'난 한 10번은 넘게 나왔었지⋯⋯.'

그렇게 전생의 추억을 짧게 회상하고 다시 화면에 집중한 영석은 예쁘장한 앵커가 단정한 자세로 서 있는 걸 보며 멘트가 시작되길 기다렸다.

"안녕하십니까, KBS 스포츠 뉴스입니다. 첫 소식입니다. 이형택 선수가 고군분투하고 있는 대한민국의 테니스가 황금세대를 맞이하게 됐습니다. 이영석 선수, 김진희 선수를 비롯한 총 세 명의 대한민국 유망주들이 메이저 대회인 US 오픈 주니어 부문 결승전에 진출하게 됐습니다. 자세한 소식, 이경재 기자를 통해 말씀드리겠습니다."

―안녕하십니까, 이경재입니다. 저는 US 오픈이 열리고 있는 이곳, 퀸즈에 와 있습니다. 이곳에서는 보시는 바와 같이 한국인의 이름이 심심찮게 보입니다. 그 주인공은 올해 만 15세인 이영석 선수, 만 16세인 김진희 선수, 마찬가지로 만 15세인 이재림 선수입니다.

기자의 멘트가 이어지자 카메라의 시점이 전광판으로 바뀌었다. 영석의 경기, 진희의 경기가 이어졌고, 기자가 언급한 이재림이라는 선수의 경기도 나왔다.

　—모레 펼쳐질 결승전은 이 세 명의 대한민국 선수들이 주인공입니다. 남자 단식에선 이영석 선수와 이재림 선수가 맞붙을 예정이고, 김진희 선수는 아나 이바노비치 선수와 결승을 치를 예정입니다.

　다시 화면이 전환되어 이제는 이바노비치 선수의 경기 영상이 재생됐다.

　영석은 물론 이바노비치가 어떤 선수인지 잘 알고 있었지만, 내색하지 않고 영상을 계속 봤다.

　—이재림 선수는 국내에서 전국체전 우승 등 화려한 성적으로 기대를 모으고 있는 유망주고, 이영석 선수와 김진희 선수는 얼마 전 열린 브레이든턴 오픈에서 각자 남자 단식과 여자 단식에서 우승을 거둬 '대한민국 최연소 퓨처스 우승'이라는 업적을 쌓은 기대주입니다.

　이어서 한국 테니스 협회장과의 인터뷰 장면, 이형택 선수의 인터뷰 장면이 나왔고, 반갑게도 최영태와 이유리 코치의 인터뷰 장면도 나왔다. 최영태 코치가 긴장된 듯 딱딱한 얼굴로 인터뷰에 응했다.

　—네, 둘 다 훌륭한 자질을 가진 선수임에 틀림없습니다. 학교를 검정고시로 패스하고 개인 훈련에 치중한 탓에 국내 실적

은 없지만, 앞으로 한국 테니스를 이끌어갈 인재로 성장할 것을 믿어 의심치 않습니다.

다시 화면이 전환되어 이경재 기자의 얼굴이 비쳤다.

─한국 테니스의 등불로 자리 잡은 세 선수들이 펼치는 결 승전은 17일 일요일, 한국 시간 새벽 2시에 진행될 예정입니다. KBS, 이경재였습니다.

동시에 자막으로 생방송 일정이 소개됐다.

그리고 화면은 다시 스튜디오로 전환되어 예쁜 앵커의 얼굴 을 비추었다.

"앞으로도 활약이 기대되는 선수들인 만큼, 많은 분들이 즐 거운 마음으로 활약을 기다릴 수 있겠습니다. 다음 소식입니 다……."

영상은 그게 끝이었다.

영석은 무심코 중얼거렸다.

"뭘 주니어 대회에 생방송까지 하고 그러는지……."

영석의 모친이 영석에게 꿀밤을 먹였다.

"이 녀석아. 네 돈 드는 것도 아닌데 뭘 그래? 국위 선양한다 고 생각하고 열심히 해."

다른 어른도 동의한다는 듯 모두 고개를 끄덕였다.

*   *   *

부모님하고 하루를 지냈던 탓인지, 결승전 아침에 일어난 영석은 제법 기분이 좋았다.

부친 이현우가 기어코 밖에서 밥을 해 와 아침 식사 또한 훌륭하게 먹었다.

오랜만의 한국 음식이라 그런지, 배변 과정까지 쾌조의 컨디션을 드러냈다.

'딱 한 경기. 이것만 이기면 진짜 프로다.'

영석은 스스로 의욕을 불어넣으며 경기장으로 향했다.

펑!!

팡!

여느 때와 같이 시합 전 진희를 비롯해 코치들과 몸을 풀던 영석은 진희의 얼굴에 서린 긴장감을 알아채곤 조용히 다가갔다.

"진희야."

"응?"

애써 쾌활하게 보이려고 애쓰는 게 애처롭고 예뻐서 영석은 안타까운 마음이 들었다.

그래서 늘 갖고 다니는 종이와 펜을 테니스 가방에서 꺼내 진희에게 설명을 해주기 시작했다.

"잘 들어. 이바노비치가 상대지?"

"응."

"이바노비치는… 아마 지금 우리보다 더 어릴 거야."

"그건 나도 알아."

진희가 터무니없는 걸 들었다는 듯 영석을 흘겨봤다.

영석은 머쓱하게 웃으며 필사적으로 기억을 짜냈다.

'이바노비치… 어떤 선수였지?'

영석이 기억하는 이바노비치의 특징은, 첫째 예쁘다. 둘째 예쁘다밖에 없었다.

그래도 영상을 봤던 기억이 있는 영석은 자신의 머릿속 구석구석을 뒤졌다.

'내가 영상을 봤다면, 우승을 했기 때문이지… 그것도 메이저 대회.'

이바노비치가 어떤 스윙을 하는지는 생각이 나는데 대회가 생각 안 났다.

'하드 코트… 는 아니었어. 윔블던은 더더욱 아니었고… 흙……? 그래! 프랑스 오픈이었구나!'

하나를 떠올리자 영상이 재생되듯 이바노비치의 전성기가 생각났다.

"이바노비치는 발도 제법 빠르고, 스트로크도 평균 이상이야. 센스도 있고. 발리, 서브도 무난하게 잘해. 그래도 굳이 스타일을 정형화하자면… 카운터를 잘 쓰는 선수지. 그래! 진희 너와 비슷하다."

"그래?"

"그래도 진희 너한텐 안돼. 이바노비치의 발보다 네 발이 빠르고, 스트로크도 네가 더 깔끔하고 세밀해. 둘 다 파워형이 아닌 이상 컨트롤의 승부로 간다고 하면 명백하게 네가 우위에 설수 있어. 발리? 진희 넌 발리에 한해서는 역사상 최고로 훌륭한 여자 선수일 거야."

영석의 분석을 빙자한 폭풍 같은 칭찬에 진희가 부끄럽다는 듯 웃었다.

영석은 계속해서 말했다.

"둘 다 스타일이 비슷하기 때문에 랠리가 길어질 가능성이 커. 장기전을 펼칠 각오를 해야 해. 코트 9분할로 해놓고 훈련했던 거 생각나지?"

"응!"

"길게 와이드로 공 주고받다가 짧은 예각 크로스를 많이 쳐. 포핸드든 백핸드든 그렇게 치면 돼. 노리는 곳은 9분할의 7과 9가 위치했던 곳이야. 알겠지?"

"알았어."

"드롭은 많이 할 필요 없어. 평소에 다섯 번을 했다면 이번엔 한두 번으로 족해. 상대도 발이 빠르니까 로브나 패싱으로 카운터당할 수 있어. 그리고 이바노비치는 백핸드가 좋으니까 서브 넣을 때 코스 조절 잘하고, 서브&발리도 조심스럽게 해야 해."

경기 코칭을 하는 영석을 빤히 바라본 진희가 기습적으로 물어봤다.

"그런데 어떻게 그렇게 잘 알아?"

그 질문에 내심 놀란 영석이었지만, 평온을 가장한 채 답했다.

"공부하면 알아. 아카데미의 우수한 인력을 놀게 놔두지 말고, 이것저것 물어봐. 테니스계의 동향이라든지, 유력한 선수들이 누가 있는지… 누가 우승했는지… 이런 것들."

진희가 대번에 존경한다는 눈빛으로 영석을 바라봤다.

그런 진희의 모습이 아주 어렸을 때 영석을 부모님처럼 따랐던 모습과 흡사했다.

쪽.

영석이 진희의 이마에 뽀뽀를 하고 나서 진희가 사랑스럽다는 듯 애정을 가득 담은 눈으로 말했다.

"이기고 한국 가서 좀 쉬자. 데이트도 많이 하고."

진희가 얼굴을 붉게 물들이며 기어들어 가는 목소리로 답했다.

"응……."

어느새 진희의 얼굴에 긴장감은 자취를 감추듯 순식간에 사라져 있었다.

*   *   *

'허, 이것 참 전형적이로군.'

영석이 '대한민국 유망주' 이재림을 처음 본 감평이었다.

이미 계약이 되어 있는지, 괜찮은 디자인의 나이키 스포츠 웨어와 신발을 신고 있었다.

'루나.'

많은 선수들이 신는 만큼 대중적인 인지도가 높은 테니스화다.

그만큼 예쁘기도 하고 말이다. 라켓은 던롭사의 것을 쓰고 있었다.

그 모든 웨어를 몸에 걸친 이재림의 얼굴은 자부심으로 가득했다.

'이영석? 뭐 하는 놈인데? 한 번도 본 적이 없어.'

이렇게 생각하고 있는 게 훤히 보이는 표정의 이재림을 보는 영석은 씨익 웃었다.

가스케가 보인 자부심과 스스로에 대한 믿음에 비하면 정말이지 한없이 가치가 낮은 선민의식이었다.

공을 몇 번 주고받고 시합 개시가 다가오자 심판이 영석과 이재림을 모두 불렀다.

"앞? 뒤?"

"뒤."

영석이 심판의 말이 끝나자마자 냉큼 말했다.

이재림의 눈썹이 꿈틀거렸다.

공교롭게도 동전은 뒤가 나왔다. 영석이 입꼬리를 비틀어 올리며 악수를 청했다.

오랜만에 한국어로 선수와 인사를 나누게 되는 셈이다.

"잘해보자고."

"확실히 '지지 않는 스타일'로는 훌륭하군."

영석은 무심코 생각하고 있던 말을 내뱉었다.

경기는 루즈하게 진행되고 있었다.

첫 게임은 영석이 획득한 서브권을 기반으로, 가볍게 서브 에이스 네 개를 작렬시키며 가져갔다. 그리고 두 번째 게임인 이재림의 서브 게임이 지금까지 10분 정도 이어지고 있다.

펑!!

영석의 포핸드 스트로크가 작렬했다.

이재림은 170㎝도 안 되는 작은 몸으로 공을 따라붙어 포핸드로 걷어냈다.

펑!!

영석은 이번엔 가볍게 백핸드 크로스로 오픈 스페이스를 찔렀다.

이재림은 이번에도 아슬아슬하게 따라붙어 백핸드로 또 걷어냈다.

'포핸드, 백핸드… 스트로크에 딱히 약점은 없군. 강점도 없고.'

이재림은 확실히 그 나이의 또래에 비하면 안정성에서 비교할 수 없을 만큼의 코트 커버링(Court covering) 능력을 지녔다. 코트 커버링은 테니스에서 상대방의 타구를 받아넘기기 위해

자기 코트의 어느 지점에서나 재빨리 대처할 수 있는 수비 능력을 말한다. 뛰어난 순발력과 위치 선정 능력이 요구된다. 또한 스트로크의 안정성 역시 코트 커버링의 중요한 요소다.

모든 능력이 평균으로, 이재림은 안정성을 기반으로 한 테니스를 펼쳤다.

'이러니 전국체전 우승을 하지.'

영석은 납득했다.

하지만, 이재림처럼 테니스를 치지 않기 위해 검정고시를 택한 것이 영석의 결정이었다.

대회에서 좋은 성적을 남기려면 당연하게도 실력이 좋아야 한다. 여기서 한국 테니스는 '기형적인 실력'을 택한다.

그 기형적인 실력이란, 바로 '상대방의 실수를 유도하는' 테니스를 뜻한다.

대회는 자주 열리고, 선수 재원은 많다. 좋은 실적을 남기려면 선수 본인이나 감독 모두 '지지 않는 테니스'를 잘 구사하는 걸 지향하게 된다.

펑!!

이재림의 포핸드는 일정한 스핀, 일정한 높이, 일정한 길이를 그리며 공이 날아온다.

기계적이라고 할 정도로 훌륭한 능력임에 틀림없다.

'하지만, 내가 이걸 처리하지 못하는 건 아니지.'

영석이 사이드 스텝 후 공중으로 몸을 띄워 백핸드 잭나이프를 작렬시켰다.

쾅!!

공이 레이저처럼 긴 선을 그리며 강렬하게 꽂혔다.

"게임, 이영석."

라인에 아슬아슬하게 걸친, 예술적인 타구였다.

그때 이재림이 심판에게 다가가 항의를 했다.

"아웃 아녜요?"

결과는 번복되지 않는 걸 알면서도 꽤나 분했는지 이재림의 푸념은 꽤나 오랫동안 지속됐다.

'아직 호크아이가 개발되진 않았어. 심판한테 항의해 봐야 네 손해야.'

영석이 이재림을 딱하다는 듯 바라봤다.

호크아이(Hawk—Eye)란, 테니스, 크리켓, 미식축구와 같은 구기 종목에서 경기 중 공의 위치와 궤도를 추적하고 통계적으로 분석하는 컴퓨터 시스템이다.

테니스 경기의 경우, 열 대의 카메라로 공의 궤도를 분석, 정보를 해석하여 규정 위반에 해당하는 상황을 잡아내는 것도 가능하다.

또한 호크아이는 공의 움직임을 그래픽 영상으로 그대로 재현하여 심판과 관중, 코치 등에게 실시간으로 제공하기도 한다.

주심과 부심에겐 달갑지 않지만, 선수에겐 '합법적인 항의'로, 관중들에겐 '잠시의 재미'라는 의미가 있어서 경기의 중요한 요소 중 하나로 손꼽히게 되는 것이다.

"아 글쎄, 그 공이 어떻게 인이냐고요!"

이쯤 되면 이재림이 그냥 강짜를 부리는 건 아니다.

본인의 눈엔 확실히 아웃이었나 보다. 주심이 의자에 내려와서 정확하게 라인을 짚으며 말했다.

"여기에 이런 모양으로 공이 들어왔어. 부심! 잠깐 와보게."

부심까지 달려가 이재림에게 확실한 인이라고 설명했다.

영석은 무료하다는 표정으로 라켓의 거트를 손가락으로 정리하고 있었다.

또한 무료한 때문인지 관중석에서 야유가 조금씩 흘러나왔다.

이재림이 찔끔한 표정으로 판정에 승복하고 심판들 또한 제자리로 돌아가자 시합은 다시 시작됐다.

두 번째 게임은 그렇게 영석의 브레이크(Break : 상대방이 서브권을 갖고 있는 해당 게임을 뺏어내는 것)로 두 번째 게임이 끝났고, 세 번째 게임이 시작됐다. 영석의 서브다.

'지지 않으려 하다간… 영원히 못 이긴다는 걸 알게 해주마.'

펑!!!

기어를 한 단계 올려, 점핑 서브를 때려 넣은 영석의 발은 어느새 지면에서 40㎝까지 떠올라 있었다. 본인도 모르게 자꾸 하다 보니 몸을 높게 띄우게 된 것이다.

쉬이이이익!

몸을 높게 띄우면 띄울수록, 공의 속력은 어마어마하게 빨라졌다.

이재림은 결코 반응할 수 없는 속도, 전광판엔 195km/h가 찍혀 있었다.

"휘익!!"

관중석에선 주니어 대회에서 나온 압도적인 서브를 보여준 영석에게 환호했다.

영석은 장난스럽게 팔을 살짝 들어 환호에 답하곤 애드 코트로 이용해 서브를 준비했다.

볼 키즈가 던져준 공을 받은 영석이 자신의 왼팔을 새삼스럽게 바라봤다.

'이제 완전한 왼손잡이가 됐구나.'

영석의 왼팔은 어느새 오른팔보다 1.5배 정도 발달해 있었다.

특히 팔꿈치를 기준으로 손목까지의 굵기는 거짓말 조금 보태서 영석의 종아리보다도 두꺼웠다.

'이재림, 네가 '지지 않는 테니스'를 구사한다면, 난 '무조건 이기는 테니스'로 상대해 주마.'

무조건 이기는 테니스가 어디 있겠냐마는 영석의 눈은 제법 진지했다.

사판과의 경기에서 힌트를 얻어 어느덧 영석 본인의 오리지널이 된, 점핑 스트로크의 향연이 이어졌다.

펑!!

영석의 포핸드는 이재림도 겨우겨우 어찌 받아내기는 했다.

'그렇다면 이걸로 끝.'

맥없이 넘어온 공은 드라이브 발리(Drive volley : 그라운드 스트로크와 동작이 거의 동일하지만 공을 바운드시키지 않고 친다. 흔히 네트 대시 도중 네트에서 약간 떨어진 위치에서 약하게 떠서 넘어온 상대방의 공을 공격적으로 처리할 때 사용된다)나 드롭으로 처리했고, 혹시나 드롭을 받아내면 다시 로브를 띄워 이재림을 혹사시켰다.

거품을 물고 작은 몸과 짧은 다리를 필사적으로 이용해 코트를 누비는 이재림을 바라보는 영석의 눈은 차갑기만 했다.

'어째 시합하면 할수록 내가 성격이 안 좋아지는 것 같군.'

이런 농락이 안 통하려면 비슷한 수준의 상대를 만나야 한다.

온 신경을 집중해서 공을 처리하지 않으면 그대로 반격에 목숨을 잃을 것 같은, 그런 절박함이 있다면 말이다.

'이재림은 그런 느낌을 못 줬어.'

이재림이 알아줬으면 좋겠다.

'그런 테니스로는 해외 무대에서 살아남기 힘들다'라는 영석의 의지를 말이다.

스텝을 밟는 것과 점프의 동작은 인간이라면 거의 다 비슷하게 보일 텐데, 유독 영석의 동작은 우아해 보였고, 여유로워 보였다.

* * *

"게임 셋, 앤드 매치 원 바이 이영석 카운트 식스 제로(6 : 0), 식스 제로(6 : 0), 식스 제로(6 : 0)!"

결승전이라 5개의 세트 중 세 개의 세트를 누가 먼저 가져가 느냐에 따라 승패가 갈렸고, 영석은 무자비하게 하나의 세트는 커녕, 단 하나의 게임조차 내주지 않고 이재림을 압살했다. 너무 나 큰 차이에 이재림은 정신을 차리지 못했다.

어른과 아이의 싸움.

이 경기를 표현할 수 있는 가장 효율적인 한마디다.

이재림이 구사한 건 분명 어른의 방식이었지만, 어린 몸에 그 런 테니스가 몸에 배면 안 됐다.

'절대로 그러면 안 되지. 암.'

공이 나가든 말든 자신의 모든 신체 능력을 발휘해 내는 경 험을 해야 그 경험이 뼈와 근육, 그리고 신경에 인으로 박인다. 보다 성숙한 육체로 발달했을 때, 어릴 때의 경험을 '성공적으 로' 조율할 수 있는 것이다. 어릴 때의 객기가 종래엔 실력으로 남게 되는 것이다.

의식 또한 마찬가지다.

공을 그저 '넘기는 것'에 치중하는 사람이 어떤 위업을 이룰 수 있겠는가.

보다 공격적이고, 보다 치명적으로… 설령 그 결과가 한 경기 의 패배라 하더라도 그 패배가 쌓이게 되면 그 선수는 크게 되는 것이다.

가스케가 성공작이라면, 이재림은 실패작이다. 그리고 한국 테니스의 실패작이다.

'학교 안 다니길 잘했지.'

영석의 눈에 언뜻 동정의 기운이 스쳤다.

그러나 이재림 개인의 삶은 앞으로도 얼마든지 바뀔 수 있다.

이 패배가 트라우마가 되어 실업팀을 전전하며 살아가는 일반적인 '한국 테니스 선수'가 될지, 아니면 해외 투어에 끊임없이 도전하는 의욕을 가진 선수가 될지는 이재림이 어떤 마음을 가지느냐에 따라 달렸다.

그리고 영석은 진심으로 이재림이 극복할 수 있었으면 좋겠다고 생각했다.

한국에서 태어났다는 불행이 문제였지, 이재림의 능력은 결코 낮지 않았기 때문이다.

"어깨 펴고 고개를 들어!"

영석이 네트 앞까지 죄인처럼 고개를 숙이며 걸어오는 이재림에게 한국말로 소리쳤다.

이재림이 화들짝 놀라 영석을 바라봤다. 영석은 어조와 달리 평온한 얼굴이었다.

"지금 네가 침울한 순간도 다 생중계로 나가고 있어. 이리 와, 얼른!"

으름장을 놓은 영석은 멍하니 종종걸음으로 다가온 이재림

을 와락 안고는 귀에 속삭였다. 키가 작은 이재림은 영석의 품
에 폭 안겼다.

"차라리 분노하고 도전하려는 의지를 보여라. 네가 실제로 그
런 마음이 아니어도 상관없어. 그딴 얼굴로 이 코트를 나가는
순간 네 인생은 크게 꼬인다. 알았어?"

자신보다 한 뼘은 더 큰 영석에게 안긴 이재림의 눈에 이채(異
彩)가 돌았다.

시합하며 짧은 시간 안에 누구보다 영석을 잘 파악한 이재림
이다. 영석의 의지를 공을 나누며 충분히 이해한 것이다.

대국(對局)을 하며 하나하나 조리 있게 설명하는, 친절하지만
무자비한 고수의 가르침이었다.

"이따 인터뷰할 때도 도전적인, 결코 이번 패배에 기죽지 않
겠다는 의지를 피력해. 그 정도는 할 수 있지?"

이재림이 고개를 끄덕였다.

두 선수가 한국말로 무어라 한창 얘기를 나누니 악수를 기다
리는 심판은 뻘쭘히 서 있었다.

"다음에 또 대회에서 만날 수 있을 거야. 앞으로 열심히 해서
코트에서 봤으면 좋겠다."

전생의 기질이 나왔을까.

많은 국가 대표 선수들을 이끌었던 영석의 리더십이 맥락 없
이 발현됐다.

이재림은 영석의 기백에 고개를 주억거릴 수밖에 없었다.

"오늘 고생했어."

얘기를 마무리하며 영석이 이재림의 어깨를 토닥였다.

영석의 몸에 가려졌던 이재림의 얼굴이 다시 세상에 드러났다. 영석의 조언대로 표정을 짐짓 사납게 꾸민 이재림은 심판과 악수를 하고 주섬주섬 짐을 챙겨 가방을 메고 경기장을 퇴장했다. 영석도 심판과 악수를 하며 우승의 주인공이 누구인지 알렸다.

짝짝짝……

관중석에서 박수와 함께 환호성이 들렸다.

영석은 두 손을 높이 들며 환호에 답했다. 카메라의 플래시가 영석의 온몸을 난자하듯 구석구석을 향해 터졌고, 영석은 부모님과 영애를 찾아 헤맸다.

"영석아!!"

그런 영석의 시선을 눈치챘을까, 영석의 모친 한민지와 최영애가 목청 높여서 영석을 불렀다. 그러면서 두 손을 높이 들어 팔짝팔짝 뛰며 자신이 어디 있는지 알렸다.

"엄마! 아빠! 이모!!"

영석이 미소 지으며 가족에게 다가갔다. 브레이든턴 오픈과는 달리 차분한 걸음이었다. 스스로가 놀라울 정도로 우승의 감격이랄까… 감정의 편린들이 짧고 허무하게 지나갔다. 하지만 가족은 아닐 것이다. 분명 놀라울 정도의 감격을 품고 있을 것이다.

영석이 가족에게 다가가 포옹하는 그 모습까지 카메라는 쉬지 않고 영석을 따라다녔다.

"고생했어, 우리 아들! 축하해!!"

"영석아!! 우승 축하한다!!"

"고생했다, 아들."

각기 다른 말로 영석을 반긴 어른들을 향해 영석도 웃어주었다. 감격을 감히 말로 표현할 수 없기에 꾹꾹 눌러 담아 진하게 농축된 한마디의 말들이란 걸 영석은 알았다. 그 말들이 영석을 따뜻하게 어루만졌다. 영석은 부모님과 영애 한 명씩 진하게 포옹하고는 나직하게 물었다.

"진희는요? 이기고 있대요?"

시합이 동시에 진행되느라 영석은 진희의 소식이 미치도록 궁금했다.

어머니가 핸드폰을 들어 문자를 날렸다.

띠링.

"1세트는 이바노비치, 2세트는 진희가 이겼고, 현재 3세트 4 : 1로 진희가 리드 중이래."

영석은 그 말에 한시름 놨다.

"경기장으로 가죠!"

"네 인터뷰도 하고 트로피도 받아야지~!"

영애가 한소리 했다.

그제야 영석은 깨달았다.

'주니어라고 해도… 메이저는 메이저였지.'

차분하게 자신의 벤치로 돌아가 짐을 정리하고 있는 영석에게 말쑥하게 양복을 차려입은 백인이 공식 인터뷰를 요청했다.

'아, 빨리 끝내고 진희 경기 보러 가야 하는데……'

영석은 타는 속을 달래며 태연을 가장하고 듣기 좋은 말을 마이크에 대고 말했다.

그렇게 사회자와 대담 형식으로 인터뷰를 진행하는 동안 카펫이 대기실부터 코트까지 쭉 늘어지며 볼 키즈로 봉사한 아이들 스무 명이 줄지어 나란히 걸어왔다. 그리고 트로피를 든 사람들도 줄지어 나타났다. 제법 장관이었지만, 영석에겐 수십 번도 더 겪은 일이었다.

그런 영석의 눈에 부모님과 영애가 들어왔다.

모두 경기장 입구를 보며 눈을 초롱초롱 빛내고 있었다. 그 모습을 보니 지루함이 사라지고 기쁨이 차오르기 시작했다.

이재림도 다시 코트로 나와 영석 옆에 자리 잡았다.

대기실에서 감정을 좀 털어냈는지, 조금 굳긴 했지만 편한 얼굴이었다.

누군지 모를 장년의 신사들이 마이크를 잡고 길게 축하했고, 이윽고 우승자와 준우승자에게 트로피를 건네는 시간이 찾아왔다.

찰칵, 찰칵, 찰칵…….

매치포인트를 따내며 우승을 결정지은 순간만큼의 플래시 세

례가 영석과 이재림을 덮쳐왔다.

눈이 부실 법도 하건만 둘 다 눈살 한번 찌푸리지 않고 트로피를 받았다.

"올해 US 오픈 주니어 단식 부문 우승자는… 이. 영. 석!!"

와아아아아아!!

짝짝짝짝!!

천둥과 같은 소리가 영석을 향해 쏟아졌다.

이 벅참과 감동은 분명 영석에게 익숙했지만, 늘 새롭고 좋았다.

영석은 받은 트로피를 번쩍 들어 올렸다.

짝짝짝짝!!

박수는 계속해서 이어졌다.

영석은 그린 듯한 미소를 얼굴에 띠웠다.

펑!

펑!!

폭죽 몇 개가 그 순간 터지며 영석의 배경을 화려하게 수놓았고, 기자들은 카메라 셔터를 더더욱 열정적으로 눌러댔다.

다음으로 준우승자인 이재림도 트로피를 받았다.

이재림은 쓰게 웃으며 트로피를 살짝 들어 올렸다.

짝짝짝……

비록 준우승하긴 했지만, 관객들은 아낌없이 박수를 쳐주어 이재림의 마음을 위로했다.

그 뒤로 상금이 어쩌고, 기록이 어쩌고 라는 사회자의 멘트가 들렸지만 영석은 가볍게 무시했다. 그리고 영석은 이재림을 끌고 기자들에게 다가갔다.

"가서 이것저것 인터뷰하면 응해주고 그래."

"알았으니까 좀 놔."

서로 웃으며 말을 주고받았지만, 내용은 일방적으로 가르치려는 영석과 반항하는 이재림의 날 선 대화였을 뿐이다.

"축하합니다!"

"축하합니다!"

"축하······."

매우 반갑게도 한국어로 축하를 건네는 기자들이 절반은 됐다.

영석은 그들에게 웃음을 보여주며 말했다.

"감사합니다."

어차피 더욱 심도 있는 인터뷰는 공식 회견 같은 곳에서 치를 게 뻔하니 묻는 기자들도, 답하는 영석도 간단한 인사만 주고받았다. 그렇게 정신없는 와중에 영석의 눈에 들어온 기자 한 명이 있었다.

"박 기자님!!"

영석이 외치자 모두의 시선이 중년 남성에게 쏠렸다.

지금은 〈테니스 매거진 코리아〉의 편집장인 박정훈이었다. 그는 머쓱했는지 머리를 긁적이며 영석에게 말했다. 카메라는 옆에 내려놓은 상태였다. 영석이 친근하게 말을 걸었다.

"바로 얼마 전에 만났었는데… 또 뵈어도 반갑네요."

박정훈은 푸근하게 웃으며 영석에게 다가와 어깨를 토닥였다.

"축하해, 영석 군. 이야, 브레이든턴 우승한 지 얼마 되지도 않았는데, 이렇게 US 오픈 주니어를 정복하다니… 생애 최초로 메이저 우승컵을 든 기분이 어때?"

"앞으로 계속해서 이겨 나가야겠다는 다짐이 생길 뿐입니다."

영석은 씨익 웃으며 답했다.

그리고 박정훈에게 윙크하며 말했다.

"아, 박 기자님. 저는 이제 진희 경기 보러 가야 해요. 같이 가실래요? 이따 저랑 진희 둘의 인터뷰도 진행하고요. 아마 잡지 8쪽 정도는 나오지 않을까요?"

"뭐? 분량까지 챙겨주는 거야? 하하. 특집으로 아주 이번 달 호를 너와 진희로 도배할 거다. 내가 안내할게. 부모님 모시고 와."

영석은 기자들에게 금방 외면받은 이재림을 잊지 않았다.

"이재림."

"왜?"

이재림이 아니꼽다는 듯 말했다.

당연했다. 입장을 바꿔서 생각하면 이해가 됐다.

"이따가 너도 같이 인터뷰할래?"

이재림이 박정훈을 쓱 훑어보며 고개를 끄덕였다.

"하기 싫다고 하면… 넌 하는 게 나으니 따라오라고 하겠지?"

이재림은 피식 웃으며 말했다.

본인이 생각해도 비상식적인 전개다. 승자가 패자를 챙기고, 패자는 고분고분 그 말을 듣다니 말이다. 경기가 끝나고 영석이 해준 충고가 그만큼 이재림에겐 크게 다가왔다. 누구도 그런 것을 가르쳐 준 적이 없기 때문이다.

"이제 잘 아네, 똑똑해."

영석이 칭찬하자 이재림은 발끈했지만 심호흡을 해서 감정을 가라앉히곤 입을 열었다.

"경기장 알려주면 우리 부모님 모시고 갈게. 같은 한국인인 너희를 많이 궁금해하셨으니까……."

이재림의 말에 영석이 박정훈을 봤다.

박정훈이 이재림에게 다가가 진희가 경기를 하고 있는 코트를 알려주는 동안 영석은 부모님을 찾아서 말을 전해줬다.

"입구에서 기다려 주세요. 옷 갈아입고 금방 나올게요. 아차, 이건 갖고 계셔 주세요. 시합하는 진희 보여주게. 아니 못 보여 주려나?"

영석이 트로피를 너무나 간단하게 부모님에게 건넸다. 꽤나 큰 트로피라 모두 어쩔 줄을 몰라 했다. 부모님 모두 손을 덜덜 떨며 트로피를 꼭 붙잡고 있었다. 옆에서 그 광경을 지켜본 영애가 말했다. 목소리가 떨리는 것으로 보아 상당히 놀란 듯

했다.

"영석아… 이거 트로핀데. 그렇게 함부로 다뤄도 되니?"

"트로피야 앞으로도 질리도록 많이 안겨 드릴 텐데요, 뭐. 잠시 동안 구경하고 계세요. 전 얼른 갔다 올게요. 아, 그 트로피 일단은 주최 측에 전달해야 될 거예요. 이따 다시 받을 수 있으니까 걱정 마시고요."

서둘러 대기실로 향하는 영석의 뇌리엔 우승의 기쁨 따윈 저 멀리 사라져 있었다.

'잘하고 있어라, 진희야.'

*　　　*　　　*

펑!!

다다다…….

"스읍."

펑!

여자 부문 결승전은 고요한 침묵 속에 타구음만을 남기며 진행됐다.

이바노비치도, 진희도 딱히 억지로 소리 지르며 공을 치는 타입이 아니었기 때문이다.

랠리가 길게 이어지며 선수는 점점 앓는 소리를 차오르는 숨소리로 대신했고, 그건 묘한 박력을 관중들에게 선사해 긴장감을 조성했다.

"후욱!"

통!!

마침내 진희가 길고 긴 랠리가 지쳤는지, 특유의 터치 감각을 살린 드롭샷을 구사했다.

그리고 네트로 달렸다.

"습!!"

그에 이바노비치가 숨을 들이켜며 이를 악물고 네트 앞으로 뛰어왔다.

충분히 닿을 만한 거리, 공을 따라잡은 이바노비치는 '틱' 소리가 크게 들릴 만큼 공을 긁어 올렸다. 일단 공을 넘기자는 거다.

진희 정도의 절묘한 드롭이 아니었으면 아마 그대로 패싱(네트로 나오는 선수의 양옆으로 공을 쳐서 포인트를 따는 샷)에 당했을 것이다. 그만큼 어려운 공을 받아낸 이바노비치는 생각보다 빨랐고, 센스가 넘쳤다.

씨이익.

하지만 진희의 센스가 더 높았나 보다.

입꼬리의 한쪽을 끌어 올리며 악동 같은 미소를 지은 진희가 스핀이 많이 걸려 넘어온 공을 향해 우악스레 달려들어 백핸드 라이징으로 처리했다. 스핀이 많이 걸렸기 때문에 바운드가 일반적이지 않을 것임을 예측하고 바운드가 시작되기 전, 공이 땅에 닿자마자 라이징으로 스핀을 죽인 것이다. 목표는 네트 앞에

서 상체를 숙이고 발리를 하려 만반의 준비를 끝낸 이바노비치
의 안면이었다.

"꿍."

라이징으로 처리했기 때문에 빠르게 날아간 공이 하필이면
자신의 얼굴을 향해 오자 이바노비치는 허리를 뒤로 젖히며 라
켓을 말 그대로 '갖다 대기만' 했다. 그게 최선이기도 했다.

후웅!

하지만 승리의 여신이 이바노비치의 편이었는지 그 공은 진
희의 키를 훌쩍 넘겨 의도치 않은 로브가 됐다.

진희는 당혹스러울 만도 하건만, 침착한 움직임으로 공을 쫓
아 움직였다.

자신의 라이징으로 포인트를 끝냈다며 안심하기보다 끝까지
이바노비치의 움직임을 읽었고, 그로 인해 스타트가 빨랐기 때
문에 가능한 움직임이었다.

둥실 떠서 날아가는 공을 바라보는 와중에도 다리는 침착하
게 스텝을 밟았다. 그리고 진희는 영석이 전에 선보였던 가랑이
샷을 시도했다.

팡!!

이미 이바노비치가 선점하고 있는 위치를 확인하고 샷을 쳤
기 때문에 진희는 사이드로 빠지는 코스까지 염려했다.

쿵.

"컴온!!!"

진희의 의도가 그대로 먹히자 진희는 야수처럼 얼굴을 구기며 이바노비치를 맹렬한 시선으로 잡아먹을 듯 바라봤다. '이게 너와 나의 실력 차이다!'라고 외치듯 말이다.

진희의 도발을 빤히 바라본 이바노비치는 양손을 허리에 얹고 시선을 하늘에 두며 고개를 절레절레 저었다. 분노와 짜증을 털어내려는 것이다.

"컴온, 킴!!!"

관중석은 아예 열광의 도가니였다.

여자 선수 간의 시합에서 좀처럼 보기 힘든 진귀한 샷을 구경했기 때문이다. 실제로 이바노비치와 진희는 남자 선수 못지않은 긴장감과 박력을 선사했다. 경기장의 큰 전광판에서 진희가 가랑이 샷을 성공하고 포효하는 장면이 느린 화면으로 재생됐다. 그 화면을 보는 영석은 팔에 우수수 소름이 돋는 걸 느꼈다.

'최고다. 최고야, 진희야.'

영석은 누구보다 강하게 박수를 쳤다. 얼마나 강하게 박수를 쳤는지, 손이 얼얼한 게 조금 더 강하게 하면 과장 조금 보태서 염좌가 일어날 것 같았다.

마침 방금 전의 포인트에서 크나큰 환희를 느낀 진희가 관중석을 훑어보다가 영석과 눈을 마주쳤다.

그 짧은 순간 영석은 검지와 중지를 세워 브이 자를 그렸다. 생전 그런 포즈를 취한 적은 없지만, 땀으로 범벅이 된 열정적인 진희의 모습을 보니 자신도 모르게 몸이 움직인 영석이었다.

"……!"

진희의 얼굴에 경악과 환희가 잠시 서렸다가 사라졌다. 그리고 입을 굳게 다물고 영석과 눈을 마주한 상태에서 고개를 끄덕였다. 믿으라는 의미였다. 그 순간, 둘 사이에 말은 필요 없었다.

✳   ✳   ✳

펑!!

"피프틴 올(15 : 15)."

이바노비치와 진희는 갈 데까지 갔다.

2세트까지의 세트 스코어는 1 : 1, 마지막 3세트는 4 : 4까지 진행되었다. 3세트의 양상은 서로 한 게임을 킵하고, 한 게임을 브레이크하려 발악을 하는 것이었다.

"헉헉."

경기 시간은 벌써 두 시간을 한참 전에 넘어 세 시간을 향해 달려가고 있었다.

결승전이었음에도 한 시간 남짓 소요된 영석의 경기와 비교해 보면 어마어마한 차이였다. 시합 시간이 길어지는 만큼 이바노비치와 진희, 두 선수 모두의 체력도 떨어져만 갔다.

'단내가 나다 못해 입에서 썩은 내가 진동하고, 침은 점성이 높아지다 못해 뱉을 수도, 삼키기도 힘들겠지. 그뿐인가, 차라리 뛰었으면 뛰었지 가만히 서 있거나 걷는 것 자체가 지옥일 거야. 경추와 척추는 앞으로 굽고 싶어서 발악을 할 거고, 그걸 필사적으로 막는 게 최선이겠지.'

영석은 사적인 감정을 버리고 두 선수의 상태를 냉정하게 확인했다.

하지만 등 뒤로 자연스럽게 흐르는 식은땀을 어찌하진 못했다. 영석은 자신이 식은땀을 흘리고 있다는 사실조차 인지하지 못하고 집중을 이어갔다.

'허벅지… 색깔과 경직도를 봤을 땐 진희가 아직 신체 기능으로는 우위에 서 있어. 문제는 지구력이랑 호흡 조절인데……'

진희의 얼굴은 살짝 보랏빛이 도는 게, 산소 부족 증상을 보이고 있음을 알 수 있었다. 반대로 이바노비치는 안면에 큰 변화가 없었다.

'체력은 이바노비치, 몸은 진희… 승부가 힘들어지겠어.'

마침 포인트가 끝나고 십 초 남짓한 짧은 쉬는 시간이었다.

눈을 감고 승부에 도움이 될 기억을 찾는지, 진희의 눈꺼풀이 파르르 떨리는 게 영석의 시야에 잡혔다. 이 거리라면 보일 리 만무한데, 영석의 집중력은 본인이 시합할 때보다 더 높았다.

"……."

기억을 찾았는지 눈을 번쩍 뜬 진희가 관중석에 있는 영석을 향해 고개를 돌렸다. 아까 눈을 마주치며 영석의 위치를 기억해 둔 탓에 영석을 찾는 진희의 시도는 신속하게 목적을 달성했다.

"……??"

영석을 잠시 바라본 진희가 얼굴에 미소를 띠우더니 별안간 자신의 손가락에 입을 맞추곤 영석을 가리켰다. 그리고 얼굴에 홍조를 띠웠다.

"허, 참."

시합 중에 무슨 생각인지, 영석은 어이가 없어서 실소를 지었지만 마음속에서 무엇인가 울컥하는 것을 느꼈다. 자신의 눈에 눈물이 차오르는 것도 모른 채 말이다. 형용하지 못할 감정이 해일처럼 영석의 마음을 마구잡이로 돌아다녔다. 진희의 행동은 그토록 영석에게 크게 다가왔다.

영석은 장단을 맞춰서 진희와 똑같은 동작을 했다. 손가락에 입을 맞추고 그 손가락으로 진희를 가리킨 것이다. 진희는 개구쟁이처럼 씨익 웃었다. 눈과 입이 초승달을 그리는 귀여운 미소였다.

그리곤 휙 하니 고개를 돌려 이바노비치를 노려봤다. 언제 그랬냐는 듯 얼굴엔 진지한 기색이 가득했다. 보라색으로 물들기 시작했던 안색은 어느새 조금의 핑크빛을 띠고 있었다.

"……!!"

그 과정을 빠짐없이 지켜본 영석은 놀라움에 등줄기가 서늘해졌다. 막무가내로 영석의 속을 헤집고 다니던 감정이 순식간에 증발할 정도로 말이다.

'아무리 사람의 기억이 신체를 지배하는 경우가 왕왕 있다지만… 저 나이에, 이 순간에 그게 가능한 거였나? 그렇다면… 진희의 진정한 재능은 터치 감각이 아닌, 멘탈이구나. 극한 상황에서도 육체를 조율할 수 있는 멘탈.'

그게 얼마나 대단한 건지 영석은 잘 알고 있다.

영석 본인이야 워낙 압도적인 기량으로 멘탈 관리의 필요성을 느낄 새도 없이 상대를 압살하는 타입의 선수지만, 공방이 치열하게 전개될 때 진희 같은 능력을 가지고 있으면 소위 말하는 '종이 한 장의 차이'를 만들어낼 수 있다. 영원히 극복할 수 없는 '한 장의 종이' 말이다.

펑!!

영석의 분석이 맞았는지 진희는 이바노비치의 서브 게임을 브레이크하면서 스코어를 5 : 4로 만들었다.

"……"

환호해야 정상일 텐데, 진희는 그 힘마저 아끼려는 듯 최대한 불필요한 움직임을 자제하며 볼 키즈가 건네주는 공을 받아 신중히 골랐다. 세 개 중에 두 개를 골라 하나는 주머니에 넣고, 하나는 손에 쥐어 살짝 공중에 던져본 진희가 자세를 잡았다.

이제 진희의 서브 게임.

이 게임만 킵(서브권을 가진 게임을 지키는 것을 의미한다)하면 대망의 우승이다.

고오오오.

모든 것, 이를테면 사람과 대기, 생물 모두가 숨을 멈추고 정적과 긴장을 토해냈다.

압도적인 침묵은 기묘한 소음을 자아냈다.

"후읍!!"

펑!!!

"저 서브는······!!!"

영석은 진희의 경기를 보며 벌써 세 번째 놀랐다.

진희의 몸이 둥실 떠 있는 것이다. 영석만큼 높이 뛰진 않은 10~15센티 정도의 높이였다.

영석의 경악에 부모님이 의아한 듯 쳐다봤지만, 영석은 정신을 차릴 수가 없었다.

'저건 또 언제 보고 배웠··· 연습 경기 때?'

사핀과의 연습 경기를 관전한 진희가 남몰래 연습한 모양이다.

그 비장의 무기를 지금 이 순간에 꺼내 든, 진희의 소름 끼치는 심계가 영석을 놀라게 했다. 영석 본인과 판박이기 때문이다.

'이겼군······.'

극한 상태에 도달한 신체를 겨우겨우 끌고 다니며 버텼던 이바노비치는 진희의 새로운 서브에 경악하며 아무런 반응을 하지 못했다. 전광판에 찍힌 서브의 속도는 185㎞/h였다.

"서티 러브."

"포티 러브."

마지막 게임에서 이어진 세 개의 서브 에이스, 관객들 대부분의 얼굴이 붉게 물들었다.

터지려는 환호를 참고 있는 것이다. 애드 코트에 선 진희가 서브를 준비했다. 그리고 마침내……!!

"스읍!!"

펑!!!

"에이스, 게임 셋, 앤드 매치. 원 바이 김진희. 투 식스, 식스 스리, 식스 포."

"우와아아아아아아아!!!"

진희는 우승을 확정짓는 순간 그대로 코트에 드러누워 버렸다.

쩌렁쩌렁하게 울리는 관중의 환호가 그대로 진동이 되어 코트를 사정없이 뒤흔들었다.

누워서 한참을 헐떡이는 진희에게 카메라가 따라붙었고, 진희는 그 카메라를 향해 브이 자를 그리며 싱긋 웃었다.

짝짝짝…….

관중석에서 나오는 박수는 그칠 줄을 몰랐다.

메이저 단식 부문에서나 나올 법한 수준의 매치가 주니어 부문에서 나왔기 때문에 더 놀랍고 더 흥분한 관중들이 보내는 찬사였다.

탁.

진희는 라켓을 지팡이 삼아 몸을 일으키고는 두 손을 높게 들어 환호에 응답했다.

그리곤 절뚝절뚝 네트 앞까지 걸어갔다. 이바노비치가 하얗게 질린 얼굴로 네트를 붙잡고 간신히 서 있었다.

두 여자는 잠시 눈을 마주하더니 와락 껴안았다. 그리고 한참 동안 얘기를 나눴다. 그들이 무슨 얘기를 나누고 있는지 영석은 알 도리가 없었다. 그저 진희가 기특할 뿐이다.

"아이고!! 우리 딸이……!!!"

영석의 부모님과 함께 두 손을 모으고 기도하며 경기를 지켜봤던 진희의 부모님이 의자에 털썩 주저앉으며 오열하기 시작했다.

"여보, 여보. 우리 딸이 우승했어!"

진희의 부친이 울고 있는 진희의 모친을 안으며 같이 눈물을 흘렸다.

영석의 부모님이 그런 진희의 부모님과 더불어 안으며 같이 기뻐해 줬다. 영애 또한 진희를 바라보며 붉어진 눈시울을 숨기지 않고 감격에 빠져들었다.

'두 분 다 테니스 문외한이시니… 이 정도의 관객이 몰린 대회에서 우승한 진희가 얼마나 대견할까…….'

영석은 따뜻한 시선으로 진희의 부모님을 바라보았다. 영석 자신과 다르게 진희는 취미로 테니스를 시작했고, 많은 부담을 안으며 선수 생활을 시작했다. 딱히 실적도 없는 상태에서 선수 생활을 계속한답시고 영석을 따라 미국과 한국을 오갔다. 지켜보고 응원하는 부모 입장에서 어떤 마음이었을지 영석은 충분히 헤아릴 수 있었다.

'장하다, 진희야.'

자신의 우승보다 진희의 우승이 몇 배나 더 감격스러운 영석이다.

Chapter 16
청운(靑雲)의 꿈

주니어 부문이 모두 끝나고, 단식 대회 결승이 남았다.

바로 사핀과 샘프라스의 결승전이다.

두근두근…….

영상으로 셀 수 없이 봤던 경기지만, 긴장감은 새로웠다.

관중석에 앉은 영석의 심장이 목에 걸릴 듯 박동했다. 긴장
에 긴장을 더한 것이다.

펑!!

팡!!

샘프라스와 사핀은 공을 주고받으며 가볍게 몸을 풀고 있
었다.

두 전설, 아니, 정확히 말하면 한 명의 절대자와 한 명의 도전자의 모습은 영석을 계속해서 두근거리게 만들었다.

'당장 시합하고 싶다.'

자신도 결승전을 얼마 전에 치른 상황이었지만, 그것과는 상관이 없었다.

당장 코트에 난입이라도 해서 시합하자고 조르고 싶은 심정일 뿐이다.

'난 언제 저들과 겨룰 수 있을까.'

바로 프로로 전향해서 돌아다닌다 해도 랭킹을 끌어 올리는 데 한 세월이 소요될 것을 생각하지 메이저 대회까지 멀게만 느껴졌다.

"누가 이길 거 같아?"

영석의 옆에 앉아 팔을 껴안고 있는 진희가 물었다.

결승전의 여파로 얼굴이 반쪽이 됐음에도 눈을 반짝이며 경기를 기다리는 진희의 모습이 귀여웠던 영석은 장난을 걸었다.

"우리 내기할래?"

"내기?"

"응. 누가 이기나 맞히는 거야."

진희는 잠시 생각하더니 눈을 게슴츠레 뜨고는 말했다.

"네가 이길 거 같은데… 흠. 뭐 걸 거야?"

"글쎄, 그냥 이기고 지는 거 맞히는 재미지. 뭘 걸 생각은 없어."

"치, 그럼 내기가 아니지. 밥 한 끼 걸자. 난 샘프라스."

새치기하듯 재빠르게 말을 뱉은 진희가 혀를 빼 물었다. 영석을 약 올리려는 시도였지만, 영석은 잘됐다는 듯 답했다.

"어차피 난 사핀한테 걸려고 했어. 밥 한 끼에 디저트까지 걸자. 아니, 그날의 데이트비 전부를 걸자."

"후후… 그렇게 나오시겠다?"

음침하게 깔리는 진희가 승부사의 눈빛을 하며 영석을 째려봤다.

"데이트비 받고 소원권 하나 더."

"소원권? 허헛, 많이 컸군. 감히 날 상대로 승부를 걸다니……."

그렇게 둘이 시답잖은 장난을 치고 있는 동안 시합이 시작됐다. 연두색 코트 위에서 펼치는 세기의 결승전이 시작된 것이다.

쏴아아아.

웅성거림이 잦아들며 기묘한 울림이 관중석을 채웠다.

통통.

서브를 준비하는 샘프라스의 라켓에 눈이 간 영석은 추억에 빠졌다.

'캬, 프로스태프… 90sq. 아니, 85sq였나? 저 라켓이 그렇게 명기라던데…….'

sq는 라켓 면의 넓이를 의미한다.

85sq~90sq면 꽤나 작은 편으로, 2000년대에 접어들며 페더러를 비롯한 소수의 선수만이 90sq(Square : 라켓 면의 크기를 나타내는 단위)를 고집했고, 대부분의 선수는 95~105sq의 라켓을 사용했다. sq가 낮으면 힘의 집중은 훨씬 뛰어나지만, 그만큼 공을 다루기 어려워지기 때문이다.

"……."

진희도 긴장했는지, 영석의 팔을 꽉 쥐고 있었다.

펑!!!

대포 소리가 이러할까.

샘프라스의 서브는 굉장히 묵직하고 빨랐다.

'218 정도.'

서브를 일견한 영석이 대충 속도를 짐작했다.

펑!

사핀은 초반부터 집중력을 최고조로 끌어 올렸는지, 어렵지 않게 받아냈다.

'저럴 수 있는 양반이 말이야, 내 시합 때는 안 그러고.'

가볍게 투덜거린 영석이 계속해서 흥미진진한 경기를 관람했다.

*   *   *

펑!!

펑!

과연 일류 선수들이었다.

권투 경기의 난타전같이 정신없이 공이 오가고 있는데, 모두 스위트스폿에 정확히 공을 맞히며 접전을 펼쳤다.

자연스럽게 대포 소리가 울려 퍼졌다.

"피프틴 올!"

심판이 스코어를 말해줬다.

하지만 선수도, 관중도 귀 기울이지 않았다. 묘한 박력과 고양감이 경기장을 숨 막히게 조여왔다.

'빨리… 계속해.'

모두가 한마음으로 뜻을 전하고 있는 것이다.

US 오픈이라는 메이저 대회에 걸맞은 압박이 두 선수를 짓눌렀다.

그러나 샘프라스와 사핀은 스타의 숙명을 타고난 천재들이었다. 압박은 즐기라고 있는 것인 양 사핀이 재간을 부렸다.

전생의 영석이 몇 번이고 봤던 진귀한 장면이다.

"폴트!"

샘프라스의 서브가 폴트로 판정 났고, 공은 사핀의 뒤쪽 벽에 돌진하다가 튕겨나서 사핀에게 빠른 속도로 되돌아갔다.

사핀의 진기명기가 시작됐다.

"우와아아아."

툭!

뒤를 돌아보지 않고 전갈처럼 발을 뒤로 뻗어 공을 툭 차서 네트 옆에 대기를 하고 있는 볼 키즈에게 건넨 것이다. 볼 키즈도 이 회심의 장면을 놓치고 싶지 않았는지, 그 공을 한 손으로 턱하니 잡아냈다.

짝짝짝······.

경기 진행을 위해서 박수는 그리 길지 않게 이어졌다.

잠시의 해프닝이 끝나고 경기는 다시 시작됐다.

*   *   *

경기 결과를 알고 있는 영석은 태연했지만, 다소 일방적이라고 생각될 정도의 경기 전개는 거의 모든 이들의 사고를 마비시켰다.

통통.

분명 회열에 몸을 떨고 있을 거고, 날뛰는 심장을 최대한 어르고 달래기 바쁠 사핀은 자신의 심사와 상관없이 태연을 가장한 채 눈을 빛내며 서브를 준비하고 있었다.

하지만 영석은 안다. 지금 사핀이 얼마나 정신이 없을지, 또 한편으로 집중력이 얼마나 극한으로 올라갈지도.

6 : 4, 6 : 3, 5 : 3.

전광판에 새겨진 스코어다.

1, 2세트 모두 사핀이 가져갔고, 마지막 3세트의 한 게임만을 남겨두고 있었다.

마침 사핀이 서브권을 갖고 있는 게임. 수만의 사람이 동시에 침을 꼴깍 삼킨다면 어떤 소리가 들릴까?

'잠깐만, 나 이거 토토로 돈 벌 수 있는 거 아닌가?'

모든 긴장감에서 한 걸음 비켜서 있는 영석은 불현듯 그런 생각이 들었다.

'2000년부터 2014년까지의 모든 메이저 대회… 그러니까 15년 동안의 메이저 대회, 총 60개군. 스코어는 다 기억하는데 말이지.'

축구 말고도 '합법적인 도박'이 있다면, 영석은 떼돈을 벌 수 있을 것이다.

'됐어. 돈은 경기 뛰면서 벌지 뭐. 그리고… 앞으론 내가 모든 메이저 대회에 진출할 건데… 역사는 바뀌지 않겠어?'

잠시의 망상은 그렇게 부질없이 흩어져 버렸다.

"흐읍."

펑!

음색이 조금도 입혀지지 않은, 오롯한 숨소리를 내뱉으며 사핀은 대포 같은 서브를 시도했다.

"폴트!!"

어딘가에선 안도의 한숨이, 어딘가에선 안타까움의 탄식이 나왔다.

"홉!"

펑!!

사핀은 빠른 페이스로 세컨드 서브를 이어갔다.

'코스는 어중간해도 속도가 빨라.'

세컨드 서브이다 보니 치명적인 코스를 노리지 않은 사핀의 서브가 어중간하게 꽂혔다.

그러나 행운이 깃들었는지, 샘프라스의 몸통을 향해 튕겨 올랐다. 샘프라스는 라켓으로 슬라이스 면을 만들어서 비스듬히 세워서 갖다 댔다.

백핸드 리턴을 했다. 간신히 툭 넘기는 공이다. 그 공을 베이스라인 센터마크에서 기다리던 사핀이 눈을 빛내며 맞이했다.

펑!!

펑!!

센터마크에서 사핀의 백핸드로 시작된 꽤나 긴 랠리가 이어졌다.

그 공을 샘프라스 또한 백핸드 크로스로 응수했다.

'샘프라스의 원 핸드 백핸드도 훌륭하지만, 사핀의 투 핸드 백핸드는 더 대단하지. 지금의 사핀은 전성기의 페더러와 붙어도 이길 수 있을 것 같다.'

영석의 예상대로 샘프라스의 백핸드 크로스를 사핀은 더욱 강한 백핸드 크로스로 돌려줬다.

그 공을 맞이한 샘프라스가 한 템포 쉬듯 백핸드 슬라이스를 걸어서 공을 넘겼다.

하지만 사핀은 슬라이스 스핀(역회전 스핀)이든, 톱스핀(전방 회전 스핀)이든 간에 무자비하게 백핸드를 갈겼다. 그렇게 한동 안 샘프라스와 사핀의 백핸드 대결이 이어졌다.

"훅!"

본인이 원했든, 원하지 않았든 백핸드 대결을 먼저 포기한 쪽 은 샘프라스였다.

백핸드 슬라이스로 크로스가 아닌, 스트레이트로 공을 보낸 것이다. 사핀은 갑작스러운 전환에도 당황하지 않고, 쫓아가서 포핸드로 크로스를 노렸다.

샘프라스가 쫓아가서 마찬가지로 포핸드 크로스, 하지만 사핀은 이 대결의 키포인트를 '백핸드'라고 생각했는지, 포핸드 로 스트레이트를 때려 샘프라스로 하여금 백핸드를 치게 만 들었다.

펑!!

샘프라스는 다시 백핸드 크로스를 쳤고, 사핀은 마찬가지로 백핸드 크로스로 몰고 갔다.

타다닥!

하지만 샘프라스는 더 이상 끌려다니지 않겠다는 듯, 자신의 백핸드로 오는 공을 주시하며 스텝을 밟기 시작했다. 우아한 스 텝은 샘프라스의 몸을 차분히 이동시켰고, 포핸드를 칠 수 있 는 공간을 창출해 냈다.

혼히 말하는 '돌아서 포핸드' 동작이다. 오픈 스페이스가 더 넓어진다는 단점이 있지만, 그만큼 공격적인 전략으로, 상대 선수의 페이스를 흩뜨려 놓을 수 있다.

펑!!

샘프라스의 포핸드 스트레이트가 들어갔다.

사핀으로선 불의의 일격인 샘이다. 하지만 오늘의 사핀은 달라도 너무 달랐다.

샘프라스가 스텝을 밟는 그 순간, 의식을 두 가지 경우의 수에 맞춰서 분할했는지, 샘프라스가 스트레이트로 치자마자 우악스럽게 공을 쫓아가서 포핸드 크로스를 쳤다.

펑!!

그 공은 텅텅 빈 샘프라스의 오픈 스페이스를 향해 빠르게 날아갔다.

샘프라스로서는 전략의 실패였다. 하지만 그도 초일류 선수, 공을 어렵사리 쫓아가서 마찬가지로 포핸드 크로스를 쳤다.

펑!!

"아웃!!"

그 공이 아웃으로 판정 나자 웅성거림은 최고조에 이르렀다.

"챔피언십 포인트."

심판의 나직한 말이 코트를 울리자 사핀과 샘프라스는 초인적인 집중력을 끌어 올렸다.

사핀으로선 마무리하려는 의지를 불태웠고, 샘프라스는 브레이크하여 이 상황을 역전의 발판으로 삼고자 하는 의지를 불태웠다.

서브는 사핀, 서브 위치는 애드 코트.

통통거리며 공이 튀는 작은 소리가 모두의 귀에 천둥처럼 꽂혔다. 숨 쉬는 것마저 잊은 듯 모두 몰입했다.

"습!"

펑!

"폴트!!"

와이드로 꽂힌 사핀의 퍼스트 서브는 안타깝게도 폴트였다.

"훅!"

펑!!

세컨드 서브는 다시 어중간한 코스에 찍혔다. 바로 전 포인트와 비슷한 상황이 연출됐다.

이번엔 만반의 준비를 했는지, 샘프라스의 리턴은 훌륭했다. 백핸드 슬라이스로 길고 깊은 리턴을 하며 네트로 대시하기 시작한 것이다.

리턴&발리.

전천후로 뛰어난 샘프라스가 사핀에 비교해 우위에 서 있는 것 중 하나인 발리, 그 발리전으로 경기를 끌고 가려는 게 샘프라스의 의도였다. 하지만 역시나 오늘의 사핀은 보통내기가 아니었다.

샘프라스의 리턴을 백핸드로 처리했는데, 샘프라스가 걸어놓은 회전을 죽이는 것은 물론이고, 사핀 본인이 의도한 스핀을 걸었다. 코스는 네트 앞에서 뚝 떨어지는 크로스. 발리로 승부를 지으려는 샘프라스의 움직임을 읽고 있던 것이다.

팡!

강한 스핀을 머금은 공이 샘프라스의 발목 쪽으로 떨어지자 샘프라스는 허둥지둥 그 공을 쫓아가 라켓을 갖다 대었다.

퉁.

"아웃!!"

"우와아아아아아아!!!"

그렇게 챔피언십 포인트가 끝나며 사핀의 우승이 확정되자 어마어마한 함성이 코트를 쩌렁쩌렁 울렸다.

영석의 우승, 진희의 우승이 결정됐을 때의 함성하고는 비교가 되지 않았다.

그야말로 천지개벽(天地開闢)이었다. 진희는 그 압도적인 함성에 안색을 창백하게 물들였고, 영석 또한 주먹을 꽉 쥐며 심장을 진정시켰다.

'이게… 이게 메이저 우승이구나……'

영석 본인이 전생에 우승했던 메이저 대회는 휠체어 부문이었다.

'역시, 이게 진짜 테니스지.'

세상 사람들이 뭐라 말하든 자괴감에 가까운 영석의 생각이 옳았다. 최소한 지금의 영석은 그렇게 느꼈다.

코트에 꿇어앉아 바닥에 키스를 퍼붓는 사핀의 모습이 영석의 눈에 크게 들어왔다.

『그랜드슬램』 3권에 계속…

『그랜드슬램』 3권에 계속…

·· 부록 ··

1. ITF(International Tennis Federation)—국제테 니스연맹

－1913년 각국 테니스 협회가 프랑스 파리에 모여 국제회의 를 열 때 발족되었습니다. 초기 참가국은 오스트레일리아, 뉴질 랜드, 오스트리아, 벨기에, 덴마크, 프랑스, 독일, 영국, 네덜란드, 소련, 남아프리카 공화국, 스웨덴, 스위스 등이었습니다.

1924년 1월 1일부터 공식적인 규칙이 발효하였습니다. 1963년에는 창설 50주년 기념으로 국제 여성 경기인 페더레 이션 컵(Federation Cup)을 창설하였습니다. 1977년 현재의 명칭으로 이름을 변경하였고, 그 후 테니스가 올림픽 정식 종목으로 채택되는 데 큰 역할을 했습니다.

올림픽 경기와 메이저 대회에 관여하고 있는데, 메이저 대회에는 오스트레일리아 오픈―호주 오픈, 전영 오픈―윔블던(Wimbledon), 프랑스 오픈―롤랑 가로스(Rolland Garros), 전미 오픈―유에스(US) 오픈 등의 네 경기가 있습니다.

그외 ITF 남자 경기와 여자 경기의 위성중계, 휠체어 테니스 대회, 각종 토너먼트와 주니어 경기 등에도 관여합니다.

2. ATP(Association of Tennis Professionals)― 세계남자테니스협회

―1968년에 남자 프로 테니스 선수들만으로 조직되어 현재 여자테니스협회(WTA)와 함께 프로 테니스의 양대 산맥으로 꼽힙니다. 주 업무로 국제테니스연맹(ITF) 및 각국 협회와의 교섭, 프로 대회 주관, 선수의 보건 관리 등이 있습니다.

ATP는 1975년부터 컴퓨터로 선수들의 세계 랭킹을 발표하고 있는데, 이는 과거 1년간 ATP가 인정한 세계 각지의 토너먼트에 의해 매주 집계됩니다.

1990년부터는 ATP가 그랜드슬램 4개 대회를 제외한 상금 100만 달러 이상의 15개 대회를 직접 관할하고 있습니다.

3. WTA(Women's Tennis Association)—여자테니스연맹

—버지니아 슬림즈(Virginia Slims : WTA의 주요 스폰서이던 여성용 담배 회사) 산하 여자 선수들이 ITF(International Lawn Tennis Federation : 국제테니스연맹)에 대항하여 결성한 WITA(여자국제테니스협회)가 그 전신입니다.

ITF와는 1973년 4월에 화해하였으며, 남자 프로 선수 수준의 상금액을 요구하는 등 여자 프로 선수들의 권익 신장을 내걸고 활동하여 많은 성과를 거두고 있습니다.

ATP(Association of Tennis Professionals : 남자프로테니스협회)와 마찬가지로 WTA 컴퓨터 랭킹 제도를 운영하고 있습니다.

미국의 플로리다 주와 샌프란시스코에 사무소가 있으며, 매달 〈Women's Tennis〉라는 기관지를 발행합니다.

※자료의 상당 부분은 두산 백과를 참조하였습니다.

초대형 24시 만화방

신간 100%, 샤워실, 흡연실, 수면실(침대석), 커플석, 세탁기 완비

▪ 시흥 정왕25시점 ▪

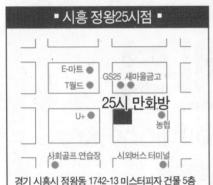

경기 시흥시 정왕동 1742-13 미스터피자 건물 5층
031) 319-5629

▪ 강북 노원역점 ▪

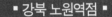
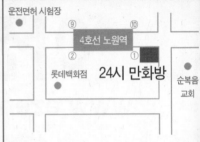

서울 노원구 상계동 340-6 노원역 1번 출구 앞 3층
02) 951-8324 (화용빌딩 3층)

▪ 일산 정발산역점 ▪

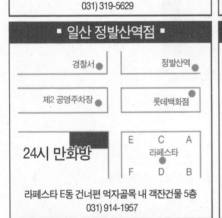

라페스타 E동 건너편 먹자골목 내 객잔건물 5층
031) 914-1957

▪ 일산 화정역점 ▪

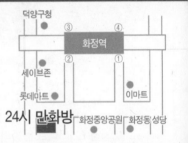

경기도 고양시 덕양구 화정동 984번지 서일빌딩 7층
031) 979-4874 (서일사우나 건물 7층)

▪ 부천 역곡역점 ▪

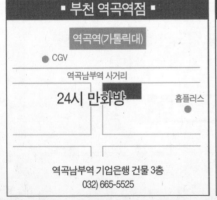

역곡남부역 기업은행 건물 3층
032) 665-5525

▪ 부평역점 ▪

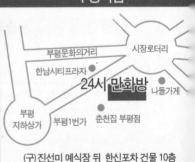

(구) 진선미 예식장 뒤 한신포차 건물 10층
032) 522-2871

철순 장편소설
FUSION FANTASTIC STORY

괴물 포식자

지구 곳곳에 나타난 차원의 균열.
그것은 인류에게 종말을 고하는 신호탄이었다.

『 괴물 포식자 』

괴물을 먹어치우며 성장한 지구 최강의 사내, 신혁돈.
그는 자신의 힘을 두려워한 인류에 의해
인류의 배신자라는 낙인이 찍히고 죽게 되는데…

[잠식이 100%에 달했습니다.]
[히든 피스! 잠들어 있던 피닉스의 심장이 깨어납니다.]

불사의 괴물, 피닉스의 심장은
신혁돈을 15년 전으로 회귀하게 한다.

먹어라! 그리고 강해져라!
괴물 포식자 신혁돈의 전설이 시작된다!

Book Publishing CHUNGEORAM

유행이 아닌 자유추구 -
WWW.chungeoram.com

FUSION FANTASTIC STORY

김대산 장편소설

완벽한지

2년 차 대한민국 취업 준비생 김철민.

친척 하나 없는 사고무친의 처지로 앞날이 막막하기만 하던 어느 날,
우연치 않게 산 로또가 1등에 당첨된다.
아니, 그가 1등에 당첨되도록 만들었다.

혼자만의 상상으로만 해왔던 이상한 놀이
'시거'가 현실로 이루어진 것이다.

졸부(猝富), 그리고 '시거'와 함께
또 하나의 이상한 현상인 '슬비'가 더해지면서,

그의 일상은 이윽고
예측할 수 없는 격변 속으로 빠져든다.

Book Publishing CHUNGEORAM

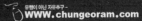

미러클
테이머

인기영 장편소설

FUSION FANTASTIC STORY

MIRACLE
TAMER

이계로 떨어져 최강, 최고의 테이머가 되었다.
그러나… 남은 것은 지독한 배신뿐.

배신의 끝에서 루아진은 고향, 지구로 되돌아오게 되는데…….
몬스터가 출몰하기 시작한 지구!
그리고 몬스터를 길들일 수 있는 테이머 루아진!
그 둘의 조합은……?

『미러클 테이머』

바야흐로 시작되는
테이머 루아진과 몬스터들의 알콩달콩한
대파괴의 서사시!!

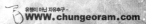

Book Publishing CHUNGEORAM

유행이 아닌 자유추구 -
WWW. chungeoram.com

FUSION FANTASTIC STORY

텀블러 장편소설

현대 천마록

천하를 호령하고 전 무림을 통합한
일월신교의 교주 천하랑.
사람들은 그를 천마, 혹은 혈마대제라고 불렀다.

『현대 천마록』

무공의 끝은 불로불사가 되는 것이라 생각했지만
그로서도 자연의 섭리 앞에선 어쩔 수 없었다!

'그렇게 많은 피를 흘렸음에도 불구하고
죽을 때가 되니 남는 것이 없군그래.'

거듭된 고련 끝에 천하랑의 영혼이
존재하지 않게 된 그 순간
그의 영혼은 현세에서 천마로서 눈을 뜬다!

Book Publishing CHUNGEORAM

유행이 아닌 자유추구-
WWW.chungeoram.com